U0074838

3個問號偵探團

3

唱歌的幽靈

文 晤爾伏・布朗克
波里斯・菲佛
圖 阿力
譯 洪清怡

企劃緣起

現在，開始讀少兒偵探小說吧！

親子天下閱讀頻道總監／張淑瓊

閱讀也要均衡一下

爲什麼要讀偵探小說呢？偵探小說是一種非常特別的寫作類型，臺灣這幾年奇幻文學大發燒，類似的故事滿坑滿谷；除了奇幻故事之外，童話或是寫實故事也是創作和閱讀的大宗。偵探和冒險類型的小說相對而言就小眾多了。不過，偵探小說在全世界可是佔有很大的出版比例，光是看這兩年一波波福爾摩斯熱潮，從出版、電視影集到電影，就知道偵探小說的魅力有多大了。

但在少兒閱讀的領域中，我們還是習慣讀寫實小說或奇幻文學爲主，畢竟考試當前，升學掛帥，能撥出時間讀點課外讀物就挺難得了，在閱讀題材的選擇上，通常就會以市面上出版量大的、得獎的、有名的讀物爲主。殊不知，偵探故事是少兒最適合閱讀的類型，因爲它不只是一種文學，更是兼顧閱讀和多元能力養成的超優選素材。

成長能力一次到位

偵探小說是一種綜合多元的閱讀類型。好的偵探故事結合了故事應該有的精采結構、主角們在不疑之處有疑的好奇心和合理的懷疑態度，還有持續追蹤線索過程中的耐心與熱情，解答問題過程中資料的蒐集解讀、推理判斷能力的訓練，遇到難處或危險時需要的勇氣和冒險精神、機智和靈巧，還有和同伴一起團隊合作的學習，和面對彼此性格態度不同時的衝突調解和忍耐體諒。這些全部匯集在偵探小說的閱讀中，厲害吧！

閱讀偵探故事，可以讓孩子在潛移默化中培養好奇心、觀察力、推理邏輯訓練、資料蒐集能力、團隊合作的精神、人際互動的態度……等等。這麼優質的閱讀素材，怎麼能在孩子的閱讀書單中缺席呢！這就是爲什麼我們一直希望能出版一套給少兒讀的偵探小說系列。

閱讀大國的偵探啓蒙書

去年我們在法蘭克福書展撈寶，鎖定了這套德國暢銷三百五十萬冊、全球售出多國版權的【三個問號偵探團】系列。我們發現臺灣已經有了法國的「亞森羅蘋」、英國的「福爾摩斯」，還有我們出版的瑞典的「大偵探卡萊」，現在我們找到以自律、嚴謹聞名的閱讀大國德國所出版的「三個問號偵探團」，我們希望讓臺灣的讀者們也可以和所有的德國孩子一樣享讀這套「偵探啓蒙書」。跟著三個問號偵探團一樣，隨時準備好所有行動需要的工具，體會「空氣中突然充滿了冒險味道」的滋味，像他們一樣自信的說：「解開疑問就是我們的專長」。我們希望孩子們在安全眞實的閱讀環境中，冒險、推理、偵探、解謎！

推薦文

好文本×好讀者＝享受閱讀思考的樂趣

臺灣讀寫教學研究學會理事長／陳欣希

偵探故事是我最愛的文類之一。此類書籍能帶來「閱讀懸疑情節」和「與書中偵探較勁」的樂趣，但，能否感受到這兩種樂趣會因「文本」和「讀者」而異。以認知心理學的角度來看，「令人感興趣」即表示「大腦注意到並能理解」；容易被大腦注意到的訊息有兩種：新奇和矛盾，讀者愈能主動比對正在閱讀的訊息與過往知識經驗的異同，愈能將文字敘述轉爲具體畫面並拼出完整圖像，就愈能享受閱讀思考的樂趣。但，正邁向成熟的小讀者，仍在培養這種自動化思考的能力，於是，文本的影響力就更大了。

了解前述原理，再來看看【三個問號偵探團】，就不難理解這系列書籍能讓人一口氣讀完而忽略長度的原因了。

「對話」，突顯主角們的關係與性格

文中的三位主角就像其他偵探一樣，有著「留意周遭、發現線索、勇於探查」的特質，不一樣的是，多了「合作」。之所以能合作，友誼是主要條件，但另一條件也不可少，即，各有專長。此外，更不一樣的是，這三位主角也會害怕、偶爾也會想退縮，但還是因爲友誼，外加「幽默」，讓他們即使身陷險境，仍能輕鬆以對。要如何感受到三位偵探間的深厚情誼以及各自鮮明的個性特質呢？請留意書中的「對話」！

「情節」，串連故事線引出破案思惟

情節安排常會因字數而有所受限制，或是案件的線索太明顯、眞相呼之欲出，連讀者都能很快的知道事件的原由；或是線索太隱密，讓原本就過於聰明的偵探一眼識破，而一頭霧水的讀者只能在偵探解說時才恍然大悟。這系列書籍則兼顧了兩者。書中的數個情節，看似無關，但卻有條細線串連著。只要讀者留意一些看似突兀的插曲，留意加入故事的新人物，其實不難發現這條細線，更能理解主角們解決案件的思惟。

【三個問號偵探團】這系列書籍所提到的議題，是十歲小孩所關切的。再加上文字描述能讓讀者理解主角們的性格與關係，讓讀者有跡可尋而拼湊事情的全貌。簡言之，對十歲小孩來說，此類故事即能帶來前述「閱讀懸疑情節」和「與書中偵探較勁」的雙重樂趣。對了，想與書中偵探較勁嗎？可試試下列的閱讀方法：

閱讀中

根據文類和書名以形成假設
（我知道偵探故事有哪些特色，再看到書名，我猜這本書的內容是什麼？）

←

尋找線索以形成更細緻的假設
（我注意到作者安排另一個角色或某個事件，可能與故事發展有關……）
（我注意到的線索、形成的假設，與書中偵探的發現有何異同？）

←

帶著假設繼續閱讀

←

連結線索以檢視假設
（哪些線索我比書中偵探更早注意到？哪些線索是我沒留意到？是否回頭重讀故事內容？）

推薦文

【三個問號偵探團】＝偵探動腦＋冒險刺激＋幻想創意

閱讀推廣人、《從讀到寫》作者／林怡辰

「老師，你這套書很好看喔！我在圖書館有借過！」、「我覺得這集最好看，老師這本你可以借我嗎？」自從桌上放了全套的【三個問號偵探團】，已經好幾個孩子過來「關注」：刺激、有趣、好看、一本接一本停不下來。都是他們的評語。

是的，【三個問號偵探團】就是一套放在書架上，就可輕易呼喚孩子翻開的中長篇偵探故事，每一本書都是一個驚險刺激的事件，場景從動物園、恐龍島、幽靈鐘、鯊魚島、古老帝國、外星人……光看書名，就覺得冒險刺激的旅程就要出發，隨著旅程探險，案件隨時就要登場！

故事裡三個小偵探，都是和讀者年齡相仿的孩子，十歲左右的年齡，帶著小熊軟糖、到達祕密基地，彼此相助和腦力激盪；勇氣是標準配備，細心觀察和思考是破案關鍵；好奇加上團隊合作，搭配上孩子最愛動物園綁架、恐龍蛋的復育、海盜、幽魂鬼怪神祕、幽靈船的膽戰心驚、陰謀等關鍵字。無怪乎，這套德國出版的偵探系列，一路暢銷、至今不墜，也輕易擄獲眾多國家孩子的心。

最值得一談的是，在書中三個小主角身上，當孩子閱讀他們的心裡的話、思考的模式：正面、善良、溫柔、正義；雖有掙扎，但總是一路向陽。讀著讀著，正向的成長性思維和不畏艱難的底蘊，輕鬆遷移到孩子大腦。

而且，這套偵探書籍和其他偵探系列的最大不同，除了場景都有豐富的冒險元素外，敘述和文字掌控力極佳，翻開書頁彷彿看見一幕幕畫面跳躍過眼簾，細節顏色情感，讀來感嘆萬千。不只偵探的謎底和邏輯，文學的情感和思考、情緒和投入，更是做了精采的示範！

在細緻的畫面中，從文字裡抽絲剝繭，一下子被主角逗笑、一下子就緊張的捏緊了拳頭。理解、整合、思考、歸納、分析，文字量適合剛跳進橋梁書的小讀者，當成偵探小說的第一次接觸。在享受文字帶來的冒險空氣裡、抓緊了書頁，靈魂跳進了迷幻多彩的偵探世界，大腦不禁快速運轉，在小偵探公布謎底前，捨不得翻到答案：「解開疑問就是我們的專長！」怎麼可以輸給三個問號偵探團呢！

就讓孩子一起乘著書頁，成爲三個問號偵探團的第四號成員，讓孩子靈魂一起在文字裡探索、線索中思考、找到細節解謎，享受皺眉困惑、懸疑心跳加速，最後較量著誰能提早解謎，在三個偵探團的迷人偵探世界翱翔吧！

推薦文

值得被孩子看見與肯定的偵探好書

彰化縣立田中高中國中部教師／葉奕緯

在破舊鐵道旁的壺狀水塔上，一面有著白藍紅三個問號的黑色旗幟，隨風搖曳著，而這裡就是少年偵探團：「三個問號」的祕密基地。

開頭便用破題的方式進入事件，讓讀者隨著主角的視角體驗少年的日常生活，也在他們推敲謎團並試圖解決的過程中逐漸明白：這是團長佑斯圖的「推理力」，加上鮑伯的「洞察力」以及彼得的「行動力」，三個小夥伴們齊心協力，冒險犯難的故事。

而我們未嘗不也是這樣長大的呢？與兒時玩伴建立神祕堡壘、跟朋友間笑鬧互虧、跟夥伴玩扮家家酒的角色扮演，和大家培養出甘苦與共的革命情感——我們都是佑斯圖，也是鮑伯，更是彼得。

從故事裡不難發現，邏輯推理絕不是名偵探的專利。我們只需要一些對生活的感知力，與一點探索冒險的勇氣，就能擁有解決問題的超能力。

某日漫步街頭，偶然看見攤販店家爲了攬客而掛的紅色布條，寫著這樣的宣傳標語：「感謝ＸＸ電視台、ＯＯ新聞台，都沒來採訪喔！」看似自我解嘲的另類行銷，其實也在默默宣告著：「我們沒有強大的外援背書，但我們有被人看見的自信。」

【三個問號偵探團】系列小說，也是如此。

沒有畫著被害人倒地輪廓的命案現場、百思不解的犯案過程，以及天馬行空的破案手法等各式慣見的推理元素，書裡都沒有出現；有的是十歲孩子的純眞視角、尋常物件的不凡機關、前後呼應的橋段巧思，以及良善正向的應對態度。

或許不若福爾摩斯、亞森羅蘋、名偵探柯南、金田一等在小說與動漫上的活躍知名，但本書絕對有被人看見的自信，也值得在少年偵探類受到支持與肯定。

我們都將帶著雀躍的心情翻開書頁，也終將漾著滿足的笑容闔上。

來，一起跟著佑斯圖、鮑伯與彼得，在岩灘市冒險吧！

目錄

企劃緣起

現在，開始讀少兒偵探小說吧！ 張淑瓊 2

推薦文

好文本×好讀者＝享受閱讀思考的樂趣 陳欣希 5

【三個問號偵探團】＝偵探動腦＋冒險刺激＋幻想創意 林怡辰 8

值得被孩子看見與肯定的偵探好書 葉奕緯 10

人物介紹 14

1 奇怪的幽靈 16

2 潔癖發作 24

3 滿腹牢騷的婦人 32

4 重重謎團 41

5 幽靈出沒 52

6 古怪的鞋印 57

7 猜謎 65
8 敏銳的嗅覺 73
9 關鍵線索 83
10 隱形敵人 91
11 「碎碎」可以平安嗎？ 97
12 按部就班 107
13 噴水池 114
14 地底下 123
15 爛泥坑 134
16 玻璃爆碎 144
17 費爾曼的遺產 154

人物介紹

藍色問號：彼得．蕭

年齡：十歲

地址：美國岩灘市

我喜歡：游泳、田徑運動、佑斯圖和鮑伯

我不喜歡：替瑪蒂妲嬸嬸打掃、做功課

未來的志願：職業運動員、偵探、活到一百歲

紅色問號：鮑伯．安德魯斯

年齡：十歲

地址：美國岩灘市

我喜歡：聽音樂、看電影、上圖書館、喝可樂

我不喜歡：替瑪蒂妲嬸嬸打掃、蜘蛛

未來的志願：記者、偵探

白色問號：佑斯圖．尤納斯

年齡：十歲

地址：美國岩灘市

我喜歡：吃東西、看書、未解的問題和謎團、破銅爛鐵

我不喜歡：被叫小胖子、替瑪蒂妲嬸嬸打掃

未來的志願：犯罪學家

1 奇怪的幽靈

岩灘市一整天都刮著強風，「三個問號偵探團」的成員佑斯圖・尤納斯、鮑伯・安德魯斯和彼得・蕭，整個上午也因此都待在他們的安全祕密基地「咖啡壺」。

這個祕密基地當然不是真的咖啡壺，而是一個廢棄的水塔。它是蒸汽火車頭的供水裝置，位在一段荒僻的鐵路路段上，離庫斯登街有一點距離。從遠處望去，這個側邊裝有注水壺嘴的老舊水塔，看起來

的確很像曾祖母時代的咖啡壺。

三個孩子把偵探辦案器材、一大批漫畫收藏，還有佑斯圖的「腦力補藥」，全放在咖啡壺裡。「三個問號偵探團」的團長佑斯圖，把堆積如山的餅乾、棉花糖和小熊軟糖稱為「腦力補藥」。這些零食是他辦案思考時喜歡吃的東西。

不過，三個問號整個上午大吃特吃的原因，其實是因為下午有許多工作等著他們。他們已經答應佑斯圖的叔叔提圖斯，在回收場裡幫忙照顧舊貨攤的生意。為了替舊貨攤張羅到更多寶物，提圖斯叔叔一大早就前往洛杉磯的拍賣會挖寶了。

佑斯圖的叔叔非常熱愛收集古董。這個回收場的正式名稱為「提圖斯・尤納斯舊貨中心」，裡頭是他多年來的收藏結晶。所有尋找稀奇珍玩的人，都可以在這裡發現最神祕和最古怪的舊東西：瓶中船、奇特的鬧鐘、著名歌手的原版樂曲、半身石膏雕像、巨大鸚鵡標本、古董家具等等，應有盡有。提圖斯叔叔總是說，現代人把東西丟到垃圾堆的速度太快，而且大部分的東西並不算舊，很多都還可以修理，有些甚至因為年代久遠反而更有價值、更迷人。

此時，在咖啡壺裡，佑斯圖正把最後一顆棉花糖塞進嘴巴。「好了，兄弟們，我想，現在是時候了！我們該去回收場囉。」

「我同意，」彼得點點頭，「吃了這麼多甜食之後，運動一下對我們有好處！」

鮑伯也跳了起來，他說：「佑佑，我真的很好奇，這次你叔叔又挖了什麼寶回來。但願我們不必搬太重的東西。」

三個問號爬出咖啡壺，抓起他們的腳踏車，一路騎往回收場。可是，當他們到達時，卻沒看到提圖斯叔叔的人影，反而看見一個像是幽靈的奇怪形體：它披著一張白色床單，一邊發出狂叫，一邊踉踉蹌蹌的在回收場上跳著。

「佑……」那個形體大叫，接著便撞倒散布在四周的其中一塊破銅爛鐵。「唉呦！你在哪……唉！」

「這是什麼東西？」佑斯圖不禁脫口而出。他從腳踏車跳下來說：「要鬧鬼，現在這個時間也太早了吧！」

鮑伯和彼得聽了也忍不住竊笑。

不過這個跳來跳去的幽靈，似乎一點也不覺得奇怪。突然，幽靈拉著尖銳的嗓子大叫：「佑斯圖・尤納斯！趕快過來幫我！」

彼得目瞪口呆的說：「佑佑，這不是鬼！聽起來像是……你嬸嬸的聲音。」

沒聽出來的佑斯圖，臉紅了起來。在他五歲的那一年，他的父母因為一場意外喪生，從此他便跟著叔叔和嬸嬸一起住在回收場。不過，在他的記憶當中，瑪蒂妲嬸嬸從來沒有這麼奇怪的舉止。

他忍不住驚訝的問：「瑪……瑪蒂妲嬸嬸，你在那裡做什麼？為什麼你要裝成鬼？」

「我根本沒有裝鬼！」他的嬸嬸抱怨著。「我只是想晒衣服而已。可是風把床單吹到我的頭上，結果我愈是想掀開床單，反而被緊緊捲在裡面！都是你叔叔害的。誰叫他把放晒衣夾的袋子掛在櫻桃樹上，掛得那麼高，我怎麼拿得到！先別說了，你們快把我從這條妖怪床單裡救出來吧！」

「沒問題，尤納斯太太！」正當彼得和佑斯圖忙著把瑪蒂妲嬸嬸從床單解救出來時，鮑伯丟下他的腳踏車，跑向屋子旁邊那棵高大的老櫻桃樹。果然看見晒衣夾的袋子掛在一根很高的樹枝上。他爬上櫻桃樹，取下袋子。

瑪蒂妲嬸嬸總算重獲自由。她「呼」的一聲吐了好大一口氣，接著說：「幸好你們來了！」

鮑伯把裝著晒衣夾的袋子遞給佑斯圖的嬸嬸，然後幫她把床單夾在晒衣繩上。之後，瑪蒂妲嬸嬸趕忙進入屋子內。

就在瑪蒂妲嬸嬸離開的同一刻，一輛小貨車開進了回收場。坐在駕駛座的是提圖斯叔叔，車子後方的載貨平臺上堆著許多剛從拍賣場買來的物品。其中以一座老舊的大型立鐘特別引人注目，它在這堆雜七雜八的東西裡高聳突出，有如一座塔。

「嘿，孩子們！」提圖斯叔叔一邊喊著，一邊高興的揮著手。「幸好你們來了。我們有一堆工作要做呢！」

2 潔癖發作

提圖斯叔叔並沒有誇大。他在好萊塢的拍賣場上，標到了許多奇特的小東西、一些老舊家具，還有一座笨重的立鐘。這座立鐘甚至比彼得高出好幾個頭——他已經是三個問號中個子最高的了。在立鐘的玻璃面板後方，一個大鐘擺正搖晃著，擺錘前面還有三個懸掛在長鐵鍊上的重錘。指針盤上除了標示著從I到XI的金色羅馬數字，還有一個月亮盈虧變化的顯示器，很漂亮。

「這座鐘很美麗吧！」提圖斯叔叔從小貨車跳下來，心滿意足的望著這座立鐘。「這座鐘的競標非常激烈，我好不容易才贏過其他買家，低價得標。所以孩子們，請小心把它搬下車子，抬到回收場上，而且擺在每個顧客一眼就能發現的地方。瞧，這個立鐘多好看、多搶眼！」

佑斯圖、彼得和鮑伯爬上小貨車的載貨平臺，小心翼翼的抬起這個笨重的立鐘。這座鐘至少有六、七十公斤重。

「呼！」佑斯圖喘了一大口氣。「提圖斯叔叔，你怎麼不買懷錶就好了呢？這個老爺鐘好像一個笨重的大怪物！」

「是啊，是因為老木材，又有堅固的重錘和大擺錘，才會這麼重。」提圖斯叔叔說。心情愉快的他，已經拿著其他幾樣東西走向小倉庫。那裡是他用來存放奇珍異寶的地方。「孩子們，小心別摔壞東西喔。」

「我們一定會小心，尤納斯先生！」彼得緊緊抓住這個立鐘。

三個問號氣喘吁吁、汗流浹背的，總算把這座古老的立鐘抬到回收場的正中央，擺在一張老舊的扶手椅旁邊。

可是，他們才剛把這個龐然大物放下，瑪蒂妲嬸嬸便出現在屋前的露臺上，喊著：「孩子們，你們在那裡做什麼？這是什麼呀？這個東西放在那裡真是煞風景！」

「怎麼會呢，瑪蒂妲嬸嬸，」佑斯圖抗議著說：「這個鐘一定是吸引顧客的焦點。」

他的嬸嬸盯著他看，說：「吸引顧客的焦點？你腦筋不正常嗎？這是我見過最醜陋的鐘了。你叔叔老是帶一堆醜不啦嘰的東西回來，真不曉得他在想什麼，怎麼會買這種難看的木箱？我們絕對賣不掉。」

就在這個時候，提圖斯叔叔從他的小倉庫裡走出來，聽見他太太最後說的那句話。

「瑪蒂妲，它當然賣得掉。你放心。這個老爺鐘很受歡迎的。在拍賣會上，有一個女人不斷下標，我是好不容易才搶到的。」他接著轉身對三個問號說：「好了，孩子們，現在我要交給你們另一個任務。拜託你們……」

「拜託你們立刻把這個鐘搬到最後面的角落，」瑪蒂妲嬸嬸打斷他的話，接著說：「擺在紅色的舊絨布沙發旁邊。無論如何，我不想再看到這個大怪物。」

佑斯圖、彼得和鮑伯才想開口，但瑪蒂妲嬸嬸兩手叉腰，說：「不必再說了，否則我可能會想起來，我們已經好久沒有仔細整理回收場了，今天剛好很適合大掃除。」

三個問號連忙望向提圖斯叔叔，發出求救的眼神。只見他揮了揮手，輕聲的說：「大家最好照著她的話做吧。很抱歉，孩子們，我無能為力。」畢竟瑪蒂妲嬸嬸的潔癖一發作，是沒有人能夠阻止她的。

提斯圖叔叔給了每個人一塊美金，當作工作酬勞，然後飛快的拿著其他的得標物品閃進小倉庫裡。

佑斯圖嘆著氣說：「我們沒意見，瑪蒂妲嬸嬸！」

於是這三個好朋友合力把笨重的鐘拖到最後面的角落。當他們完工時，已經汗流滿面。

「呼！終於完成了！」鮑伯走向小貨車，望著載貨平臺。「你們看，這是什麼東西？」鮑伯驚訝的指著平臺上唯一剩下的東西，那是一個白色的迷你塑膠擴音器。

彼得笑著說：「我弄給你看！」他抓起擴音器，放在嘴巴前面說：「鮑伯·安德魯斯、佑斯圖·

尤納斯，你們被逮捕了！」他的聲音聽起來像極了老警官。

佑斯圖和鮑伯嚇了一跳，說：「你怎麼弄的？」

彼得露出得意的笑容說：「兄弟們，這是一種扭曲聲音的變聲器，用來開玩笑的道具！透過這個擴音器，可以發出不同的聲調。」彼得拿著擴音器又示範了一次。這一回，他的聲音聽起來像一隻咯咯叫的雞。

彼得說：「我從我爸那裡學來的。他曾經給我一個裝了變聲器的鬼面具。」彼得的父親，是好萊塢製片廠的電影特效專家。

「太酷了！」鮑伯拿起這個白色的擴音器，然後用一個充滿回音、聽起來像外太空指揮官的聲調大喊：「對所有又舊又醜不啦嘰的老爺鐘發射！櫻桃蛋糕萬歲！」彼得和佑斯圖發出了爆笑聲。

就在這個時候，從他們背後傳來一個怒氣沖沖的聲音：「噢，我的天！伊莉莎白！我們到了什麼鬼地方？這些又蠢、又無聊、又流著臭汗的小孩，在這裡發出瘋瘋癲癲的怪聲，而且還跳來跳去！我今天怎麼這麼倒楣！」

3 滿腹牢騷的婦人

三個問號聽到聲音，驚訝的往四周看。最後，看見一個瘦弱的婦人站在回收場的入口。她穿著鼠灰色的套裝，兩眼瞪著佑斯圖、彼得和鮑伯，然後揚著眉毛看著四周堆積如山的破銅爛鐵。她牽著一個年約十一歲、黑髮藍眼而且戴著眼鏡的女孩。

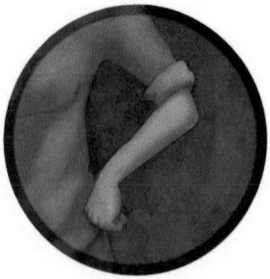

「伊莉莎白，今天早上我們在拍賣會被騙了，難道我們受的罪還不夠嗎？現在竟然還得在垃圾堆裡翻東西。」這個婦人聳著肩膀，然

後意氣風發的走向三個問號。她從皮包掏出一張紙條，說：「孩子們，這個垃圾掩埋場是……尤納斯先生的嗎？我是說提里提里巫斯．尤納斯。」

「是提圖斯．尤納斯，」佑斯圖糾正她，「而且這裡不是垃圾掩埋場，是一個舊貨店，名稱是提圖斯．尤納斯舊貨中心，不但聲名遠播至岩灘市之外，而且大家有口皆碑。如果您要找稀有的珍藏品、遺落的古董和奇珍異寶，來這裡準沒錯。」

這個婦人瞪著佑斯圖。「孩子，你講話總是這麼驕傲嗎？」她撇起嘴角說。「還有，你上次洗澡是什麼時候？你聞起來有點臭！」

鮑伯聽了努力忍住笑意，然後開口解釋：「對不起，女士，我們是因為剛才整理和搬動了一些新買進的貨品，所以才汗流浹背。不過，您到底想找什麼東西呢？」

這個女人斜眼瞄著鮑伯，說：「別以為你看起來比你的玩伴好。在這個垃圾場，難道完全沒有大人嗎？」

就在這個時候，她身邊的女孩興奮的拉了一下女人的袖子。「維爾瑪太太，您看那裡！」這個名叫伊莉莎白的女孩，發現了擺在回收場後面的大立鐘。她一邊帶著歉意的向三個問號微笑，一邊指著那座鐘。

「就是它！」這個婦人發出尖叫。「我確定，就是這個鐘！」接著她又迅速轉向三個問號，說：「孩子們，謝謝，我們已經不需要幫忙了。我們自己慢慢看就好！」

「這位女士，當然沒問題。」佑斯圖很有禮貌的微笑，看著她們兩個急急忙忙的走向大立鐘。

「真是的，怎麼有這種愛發牢騷的老太婆啊！」彼得嘆著氣說。

「天曉得。可是如果她把老爺鐘買走，瑪蒂妲嬸嬸一定會非常開心。」佑斯圖喘一口氣說。

鮑伯點點頭。「我只是可憐那個女孩，她看起來其實很親切。每天要和這種母老虎住在一起一定很可怕。」

「對啊，」彼得說：「待在那個潑婦身邊，她看起來並不是很開心。」就在此時，彼得突然把嘴張得很大。「兄弟們，是我瘋了嗎？

她們兩個在那裡幹麼？」

鮑伯和佑斯圖朝彼得的視線望去。只見那個瘦巴巴的維爾瑪太太，正捏著一張面紙，從一堆破銅爛鐵當中拉出一張布滿灰塵的小凳子，然後一臉噁心的把它擺在立鐘前面。接著她用尖銳刺耳的聲音喊著：「伊莉莎白！你站到凳子上！」

令三個問號感到詫異的是，這個女孩立刻聽從她的話，站在凳子上，面向立鐘，動也不動。

「就保持這樣！」維爾瑪太太一邊說，一邊從口袋裡掏出一張紙條，仔細讀著。然後，滿心期待的抬頭看著女孩，說：「好，伊莉莎白，現在說出數字！」

只見伊莉莎白深深吸了一口氣，接著咬字清楚的大聲喊著：「四，五，七！」之後便沉默不語。

「這是怎麼回事？她們真的在和鐘說話嗎？」鮑伯小聲說。

佑斯圖聳聳肩，說：「看起來好像是。我們不如靠近一點觀察。走吧，我們可以躲在那一大堆椅子後面。」

三個問號用飛快的速度，一聲不響的躲到佑斯圖建議的藏匿處，繼續觀察這兩個人的行為。

「伊莉莎白，你要唸得更清楚一點。再一遍，開始！」維爾瑪太太說。

「好的，維爾瑪太太！」伊莉莎白稍微往前傾，更靠近立鐘一

些。接著她大聲說：「四，五，七！」但是仍舊沒有任何動靜。

「怎麼會這樣！」維爾瑪太太失望的喊著。「還是沒用！一定是你哪裡做錯了。用心一點！」

「可是我已經全部照您的指示做了呀。」伊莉莎白忍不住抱怨。

「你才沒有，」維爾瑪太太生氣的說：「否則我們早就成功了。」她看著手上的紙條，然後下了另一個決定：「好，我們試試別的方法。這次不要把數字一個一個說出來，而是說出總數！」

「您是指四百五十七嗎？」伊莉莎白問。

「嘖，廢話！」維爾瑪太太怒吼著。「還有，再靠近一點。」

伊莉莎白貼近立鐘，她的鼻尖已經碰到了鐘面上的玻璃。接著她非常誠心的說：「四百五十七！」

三個問號看得目不轉睛。然而這個鐘仍舊沉靜的立在那裡。

「再近一點，我說過了，」維爾瑪太太喘著氣說：「伊莉莎白，你知道你必須聽監護人的話，那個人就是我！如果你的父母地下有知，一定會很震驚你怎麼這麼沒用！現在，給我放聰明一點！」

「可是維爾瑪太太……」這個女孩的眼睛泛著淚水，「……我不知道我到底還要怎麼做。」

「你們聽到了嗎？」佑斯圖臉色一變，小聲的說：「真是太悲慘了！那個女孩的爸媽好像過世了。而這個瘦巴巴的灰色母老虎，竟然是她的監護人！」

4 重重謎團

鮑伯和彼得都知道，佑斯圖也很早就失去了父母，所以他們能夠理解佑斯圖特別同情伊莉莎白的處境。畢竟，被這種嘮叨又不講理的母老虎控制，不論是誰都受不了。

「伊莉莎白，快點！」這時候維爾瑪太太說：「你再把這個數字說一次！」這個女孩又順從的大聲說了一遍。然而這一次也沒有達成目的。

「真是氣死我了！」婦人火冒三丈的把伊莉莎白推下凳子，然後自己站在立鐘前面，打開鐘面數字盤前的玻璃板，胡亂撥動指針，一邊狂喊著：「四，五，七！一定可以的！四，五，七！」

「可是維爾瑪太太，」伊莉莎白受驚的喊著，「您這樣會把鐘弄壞！」

「這個老太婆失心瘋了。」鮑伯小聲說。

「我受不了了！」躲在一堆椅子後面的佑斯圖脫口而出。他大聲喊：「哈囉！這位女士，即使這裡賣的全是舊貨，您也不該這麼粗魯的對待它們。這些物品通通歷經了不計其數的主人，卻還倖存著，請您不要破壞它們！」

「什麼？」維爾瑪太太嚇了一跳。「你這個沒洗澡的髒鼻子野小孩，怎麼會突然冒出來？」

「我的鼻子和您的一樣乾淨。」佑斯圖平靜的說。

「你好大的膽子！」維爾瑪太太憤怒的把兩手叉在腰上。「到底是誰允許你在這裡玩耍？」

就在這時，有人在維爾瑪太太的背後咳了一聲，說：「我的姪兒佑斯圖不是在這裡玩耍，他住在這裡，平常也會幫忙我看店。況且在這裡搗亂的是您自己。」是提圖斯叔叔聽到外頭有聲音，從他的倉庫裡走了出來。

他憤怒的望著維爾瑪太太，繼續說：「佑斯圖請求您不要破壞這裡的展示品，他這樣做完全正確。」

突然間，他驚訝的喊了出來：「你不就是今天早上在拍賣場跟我搶標老爺鐘的那個人嗎？你早上罵了我還不夠，現在還要跑來這裡大鬧？」

「是你在拍賣會時擺了我一道！」維爾瑪太太尖叫著。「你下標兩次之後，假裝想離開拍賣會，結果卻偷偷站在門口，讓我看不見你，最後卻在那裡又投標一次。」

提圖斯叔叔微笑著說：「這是拍賣場的老伎倆：絕對不要讓其他投標者知道你想買的東西。但是，你也沒有繼續投標，並不是我的錯。」

「我漏聽了你的出價，然後這個老爺鐘就賣掉了！所以這是你的錯。」

提圖斯叔叔點著頭說：「我懂了。所以你現在想買這個鐘？沒問題，只要兩百塊美金，它就是你的了。」

「兩百塊美金！這是暴利！」維爾瑪太太皺著鼻子說：「你根本就是奸商。」

提圖斯叔叔聳聳肩，心平氣和的說：「親愛的女士，我不會讓你繼續辱罵我，請你現在就離開我的舊貨中心。」

「等一下！呃……我不是這個意思……這是兩百塊美金，給你。那麼老爺鐘就是我的了。」維爾瑪太太結結巴巴的說。

提圖斯叔叔想了一下，便毅然決然的搖搖頭。「很抱歉，我不賣了。雖然我是生意人，但是也不能任人隨便糟蹋。請你現在離開我的舊貨中心，免得把貴重的東西弄壞了。」他伸出手指著出口，態度友善卻堅決。

維爾瑪太太大吃一驚。然後她抓住伊莉莎白的手臂，憤怒的拉著這個受驚的女孩用力踱步離去。

「走！看起來住在這個垃圾場的人不需要錢。」

「孩子們，很抱歉讓你們目睹這場爭吵。在拍賣會上，這個太太對老爺鐘一直抱著勢在必得的態度。她顯然是在生氣最後沒能標

到。」提圖斯叔叔邊說邊走近立鐘，檢查鐘擺和鐵鍊。

「看起來一切都還正常。幸虧我們運氣好。」他轉上發條，啟動擺錘。慢慢的，鐘擺開始來回搖晃。

提圖斯叔叔滿意的微笑著，然後又踏進了他的小倉庫。

三個問號你看我，我看你。鮑伯說：「這個老爺鐘裡面一定藏著某種祕密。一個和數字有關的祕密。這就表示，我們有新案子要偵辦了。」

彼得搖搖頭說：「和一個古董鐘有關的案子？我很難相信這個案子會成立。」

「為什麼不會？」佑斯圖問。接著他大聲喊出「四，五，七」，然後專注的盯著立鐘。還是什麼也沒發生。

佑斯圖在立鐘上到處按壓，說：「不知道裡面有沒有一個祕密抽屜？倒楣的是，我們沒看見維爾瑪太太手上那張寫著數字的紙條。說不定紙條上還有其他線索。」但是他再怎麼找，也找不到任何有關祕密抽屜的蛛絲馬跡。

過了十分鐘之後，三個問號偵探團的團長放棄了。

「什麼也沒有，至少我什麼也沒找到。」他望著好友們，若有所思的說：「即便如此，我還是深信不疑，這個奇怪的維爾瑪太太一定有什麼企圖。」

「沒錯，」鮑伯同意佑斯圖的話，「她一定有目的。誰會對著一個鐘大聲唸出數字，實在太荒謬了。說不定那個老太婆是個神經病？」

彼得說：「那還用說。兄弟們，你們知道我怎麼想嗎？我覺得她千方百計想把這個鐘弄到手，所以在這裡演出一場秀，好讓你叔叔留下深刻的印象。結果她的計畫失敗，只好帶著她的養女伊莉莎白離開了。」

「伊莉莎白不是她的養女，是被監護人。」佑斯圖解釋著：「因為自己的父母不在了，住在監護人家裡的小孩，稱做被監護人。但是你的看法也有道理，說不定剛才那一切只是一場瘋狂鬧劇而已。」他深深吸了一口氣。「好了，兄弟們，我們已經勤奮工作了一天，現在我累了。我提議，我們暫時先把這件莫名其妙的事情擱到一邊吧。反正不論維爾瑪太太的企圖是什麼，我們今天也查不出來。」

彼得和鮑伯同意佑斯圖的建議。於是三個問號互相道別，佑斯圖看著兩個好朋友離開，他才踏著緩慢的步伐進入屋內。和瑪蒂妲嬸嬸、提圖斯叔叔共進晚餐後不久，他便上床睡覺了。

夜裡，一場威力強大的雷雨襲捲了岩灘市。佑斯圖從睡夢中醒來，聆聽著屋外的滂沱大雨，不知不覺又睡著了。可是不一會兒他又再度醒來。這一次並不是因為雷雨，而是他聽見了輕輕的「沙沙」聲。

是風吹動了百葉窗嗎？不是，很明顯是腳步聲。有人半夜在回收場上走動。

佑斯圖悄悄走到窗前，掀起窗簾一角。雨已經停了，在澄淨的夜空裡，星星顯而易見。皎潔的月亮，將銀白色的月光灑在回收場上。

在那裡！有腳步踏在入口處的礫石上！佑斯圖毫不猶豫的抓起一支大手電筒，然後爬到窗臺上。他的臥室位在二樓，下方就是提圖斯叔叔的小倉庫，所以從窗戶越過倉庫屋頂爬到室外，是輕而易舉的事情。每回遇到危急的情況，三個問號的團長常常會利用這條捷徑。而這一次的情況也很反常：某種詭異的現象正在發生。

5 幽靈出沒

身上穿著條紋睡衣的佑斯圖，像一隻貓似的，靜悄悄的朝著小倉庫移動。突然間他聽到講話聲。

「往那裡走！白痴！」這個叫聲直接從回收場的入口處傳來。

「去老爺鐘那裡！」這個聲音變得更加咄咄逼人。

突然，一個影子閃過佑斯圖面前。他嚇了一跳，手電筒差點就從手裡滑落。

「對！就是那裡！」這個聲音說。

佑斯圖轉頭望向大立鐘。有一個全身披著黑袍的人正站在立鐘前。

「很好，現在你把數字唸出來。」在入口處的聲音說。

佑斯圖的心跳加速。這裡發生什麼事？是誰躲在黑袍裡？就在這一刻，那個人的手從黑袍裡伸出來，在月光下看起來和鬼一樣蒼白。他的手裡拿著一張皺巴巴的紙條，接著便含糊的喃喃自語著。佑斯圖把雙手放在耳朵後面仔細聆聽。

「四，五，七。」

「好，這樣可以。再一遍！」在回收場入口處的聲音帶點沙啞。

「四，五，七。」穿著黑袍的幽靈又重複了一遍。

佑斯圖嚇一跳。這不就是伊莉莎白在鐘前說出的數字嗎！現在這個穿著黑袍的不明人士也做著同樣的事情……太詭異了。

在入口處的聲音又傳出重複數字的命令。此刻佑斯圖非常確定，這是維爾瑪太太的聲音。指使那個穿黑袍的不明人士的人就是她！

「轉動指針！」她帶著不悅的語氣小聲說。

這個黑色幽靈把紙條放在旁邊的紅色絨布沙發上，然後打開數字盤上的玻璃板。

佑斯圖看了一下手錶。正好是午夜十二點。就在這一剎那，大立鐘開始敲鐘。這個黑色幽靈一時驚嚇的把手縮回，踉踉蹌蹌的跌坐在被大雨軟化的泥地上。

「白痴！白痴！白痴！快滾！動作快！」維爾瑪太太生氣的說。

佑斯圖決定非弄清楚是誰掩藏在黑袍底下不可。他趁著黑色幽靈站起來的瞬間，果斷的轉開手電筒，直接把光源照在那個不明人士的頭上。

就在那一瞬間，佑斯圖看見了那個人下半部的臉。他覺得很眼熟。這個幽靈被照到以後立刻轉身，以迅雷不及掩耳的速度奔向出口處。緊接著，佑斯圖聽見兩個車門關上的聲音，然後有一輛車在嘎嘎作響的輪胎聲中，穿過黑夜急駛而去。

佑斯圖無法置信的揉著眼睛。這當中有什麼關連？為什麼這座神祕的立鐘引起這麼多人的興趣？為什麼維爾瑪太太又來這裡重新唸出數字？佑斯圖好奇的望著這個古怪的鐘。午夜十二點時，它敲了十二響，現在只有低沉的滴答聲從立鐘內部傳出來。

佑斯圖緊張的環顧四周。不知道瑪蒂妲嬸嬸有沒有被吵醒？幸好，屋子裡的燈光沒亮，只有蜷伏在老櫻桃樹杈上的一隻貓咪輕輕叫著。

突然，佑斯圖發現了一樣東西：在紅色絨布沙發上，放著黑色幽靈照著唸出數字的紙條。他在倉促逃離的時候，忘了帶走！佑斯圖撿起紙條，握著拳頭說：「太好了！終於發現了第一條線索。」

6 古怪的鞋印

隔天早晨，佑斯圖被一個活力充沛的聲音叫醒：「起床！快八點了。」是瑪蒂妲嬸嬸。她心情愉快的在小露臺上布置早餐桌。

佑斯圖疲倦的揉著眼睛回答：「好，我馬上就來。」

「快一點！有熱呼呼的櫻桃蛋糕喔！」

佑斯圖聽了立刻大動作跳下床。瑪蒂妲嬸嬸的櫻桃蛋糕最棒了！令人垂涎欲滴的蛋糕香味，也把提圖斯叔叔從倉庫裡引誘出來。

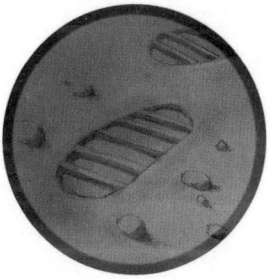

「哇，好熟悉的香味……我想，那臺壞掉的割草機可以等一下再修理。早安，瑪蒂妲。」

佑斯圖乒乒乓乓的飛奔下樓，一把抓了露臺上的一張藤椅坐下。

「早安，佑斯圖。」提圖斯叔叔說：「你看起來很疲倦，好像昨晚失眠一樣。一定是因為雷雨的關係吧？」

瑪蒂妲嬸嬸幫佑斯圖倒了一杯熱可可。「你叔叔說得沒錯。你看起來很蒼白。來，好好喝一大口熱可可，讓你恢復精神。否則你可能會餓死。」

就在這時候，彼得和鮑伯騎著腳踏車來了。

「嗨，佑佑！」彼得迎面喊著：「我想，我們來得正是時候。我聞到了櫻桃蛋糕的香味。」

瑪蒂妲嬸嬸切了兩大塊櫻桃蛋糕。「來吃吧。還有很多，人人都有份。對了，提圖斯，你得趕快吃完早餐。今天岩灘市有市集，你已經答應我要幫忙採買。如果太晚去，最好的東西就會被買走了！」

提圖斯叔叔氣定神閒的又喝了一口咖啡。他笑著說：「怎麼可能，最好的早就在我身邊了。那就是你啊！」

瑪蒂妲嬸嬸聽了頓時面紅耳赤。吃過早餐，他們兩個就開著老舊

的小貨車離開了。

佑斯圖拿了兩塊櫻桃蛋糕給好友，然後說：「跟我來！我有東西要給你們看。」

彼得和鮑伯好奇的跟著他走到老立鐘前。

佑斯圖說：「你們一定不敢相信昨天夜裡發生的事。」接著便把整個事情經過告訴他們。

「太詭異了！」鮑伯驚訝的說，然後坐在紅色的絨布沙發上。「他們到底想從這個巨大的鬧鐘裡得到什麼？」

佑斯圖和彼得也坐了下來。彼得有點緊張的說：「我也覺得這個鐘很奇怪。提圖斯叔叔買了這個怪物鐘，真的好嗎？」

佑斯圖把最後一口櫻桃蛋糕塞進嘴裡，然後說：「當然好。否則我們現在就沒有案子可以偵辦啦。」

「什麼案子？」鮑伯驚訝的問。「到目前為止，又沒有人發生事情，也沒有東西被偷。」

佑斯圖把眼睛瞇了起來。「是還沒有人發生事情。但是根據我粗淺的判斷，這個情形隨時都可能改變。」

彼得嘆了一口氣。「我就知道。佑佑，你的鼻子已經嗅出了一個線索。最糟糕的是：你幾乎每次都是對的。」

「我的評斷正確，不是靠好運，而是靠腦力。」佑斯圖解釋。

「對啦，對啦，你的腦力非常豐富。」彼得取笑著說：「一定是因為櫻桃蛋糕的關係。」

三個問號聽了，頓時全部捧腹狂笑，笑聲驚擾了蜷伏在櫻桃樹上的貓咪，因而一溜煙跑掉了。

鮑伯從紅色沙發站了起來，好奇的把這個立鐘又查看了一遍。

「這個老爺鐘裡面到底有什麼祕密？」

「我還想知道是誰在半夜幫維爾瑪太太搜查這個鐘？」佑斯圖用大拇指和食指捏著下脣。「絕對不是伊莉莎白。那個披著黑袍的幽靈比她還高。」

「說不定她踩著高蹺。」彼得思索著。

佑斯圖說：「如果是這樣，我早就注意到了。因為我在一瞬間看見了這個人的臉下半部。假如我能想起來他的臉像誰就好了……」

鮑伯接著說：「我不相信伊莉莎白會做這種事，她很……」

「你就儘管說出來吧。」彼得笑得很賊。

鮑伯用力推了他一下。「唉，別鬧了！不是你想的那樣。我是用偵探的角度就事論事。」

因為鮑伯推得太大力，所以彼得先是搖搖晃晃，接著便一屁股跌坐在地上。就在他準備站起來時，他興奮的大叫：「你們看，那個幽靈留下了腳印！」

佑斯圖好奇的彎下腰。「你說得沒錯。這是巨大的鞋子所踩的痕跡，不是我們的腳印。」

鮑伯也察看了這些足跡。「會不會是提圖斯叔叔的腳印呢，佑佑？」

「不可能。原因是：昨天晚上的大雨把回收場上所有的足跡都沖掉了。這裡的腳印一定是雨停之後才出現。很明顯就是那個幽靈的腳印。」

「你滿厲害的嘛，超級偵探先生！」鮑伯打趣著說：「我提議，我們把腳印做成石膏模型。」

佑斯圖很快的跑進他的臥室，不久之後便拿著一個大袋子回來。他說：「製作石膏模型需要的東西，全部都在這裡。開始動工吧！」

7 猜謎

足跡存證，是三個偵探的基本任務。他們迅速的用一條硬紙板圍住其中一個腳印，然後由彼得把液狀石膏倒進去。就在這個時候，有一個男子騎著腳踏車穿過回收場的入口處。他穿著深色的衣服，臉上沾滿了煤塵，讓人認不出長相。他的肩膀上扛著一座長梯子。

這個景象讓佑斯圖一時之間忘了石膏模型。他說：「這個煙囪工人又來這裡做什麼？他通常一年只來一次，不是嗎？」

黑衣男子朝著佑斯圖騎來，然後向他握手。

「對，握用力一點，」男子笑著用低沉的嗓音說：「和煙囪工握手會帶來好運喔（註）。我必須上屋頂檢查一下煙囪。」

佑斯圖猶豫了一下，然後指著屋子說：「請便。您儘管工作吧。我們現在很忙。」

煙囪工點點頭，便把腳踏車停放好，走向屋子。他一邊愉快的吹著口哨，一邊把梯子靠在牆上，然後踏著梯級往上爬。

三個問號又專注的盯著地上的腳印。彼得伸出一根手指壓著柔軟的石膏，說：「還要再等一會兒。」

突然間，佑斯圖拍打著額頭說：「兄弟們！我差點就忘了最重要的事。那張紙條！黑色幽靈昨晚放在絨布沙發上，忘了帶走。」

「那張紙條在哪兒？」鮑伯興奮的叫著。

「在我的褲袋裡。」佑斯圖急忙攤開紙條，他的兩個好友也一起圍著看。

鮑伯用身上的T恤擦亮眼鏡，說：「上面的字怎麼這麼潦草？我看不懂。」

佑斯圖也很吃力的解讀著這個筆跡。「呃，這裡寫著：四隻驢子太晚到達教堂。觀察一隻手就可以知道，小矮人不孤獨。」

彼得直接往沙發一倒，無奈的說：「聽起來像是你們擅長的任務。這種謎題只會讓我頭痛。」

佑斯圖又把這些句子唸了一遍。可是三個問號當中，沒有人能領悟其中道理。

突然間，彼得跳了起來。「等等！我想到了。這個謎題裡隱藏了數字：四隻驢子，一隻手有五根指頭，而童話中的小矮人有七個。」

鮑伯的精神一下子振奮了起來：「這就表示：四，五，七。佑佑，這正是我們昨天聽到的數字！」

佑斯圖興奮的點著頭。「對，沒錯。可是到目前為止，這些數字並沒有幫助。假如不是線索錯誤，就是這些數字不正確。況且我們還不知道驢子代表什麼意思。」

「驢子表示『愚蠢』。」鮑伯回答。

「對，所以這個『四』或許是陷阱。一般來說，數字猜謎的題目裡不會出現數字。而且這個謎題裡的『四』是唯一被寫出來的數字，卻偏偏和驢子有關係！」

「那當然，」彼得做了總結，「愚蠢的人才會掉入陷阱。所以這個『四』行不通！」

佑斯圖點點頭。「很有可能。比較重要的是第一句當中的『教堂』。可是哪一個數字和教堂有關？提到教堂，你們會想到什麼？」

鮑伯望著立鐘的指針，若有所思的說：「教堂有一座尖塔和許多窗戶，星期日上午十點是上教堂作禮拜的時間。」

佑斯圖拍手表示贊同：「有可能。教堂代表了數字『十』。」他用一根棍子把數字寫在沙上。「然後還有『五』，因為一隻手有五根指頭，還有『七』，因為有七個小矮人。」

鮑伯把寫在地上的數字依序唸出：「十、五、七。我們是不是該對著立鐘小聲說出這些數字？」

佑斯圖搖搖頭。「不必，兄弟們，因為這並不是一般數字。這是時間：十點五十七分。」

彼得欣喜若狂的說：「太神奇了。我打賭，我們根本不必對著鐘說出『十點五十七分』，而是把鐘調到這個時間。我來試試看。」

他走向立鐘，打開數字盤上的玻璃板，用手指把兩根指針撥到十點五十七分。就在這一剎那，數字盤的中央凸出了一個小按鈕。彼得不加思索的按了下去。

「現在我迫不及待想知道會發生什麼事。」彼得喃喃的說。

註　德國自中古世紀以來，穿黑衣的煙囪工就具有重要的意義。因為沒有清掃的煙囪或者建造不良的煙囪，常導致火災，並迅速蔓延至左鄰右舍，一發不可收拾，所以沒有遇到火災的住戶常會說：還好煙囪工來清掃過了，我們真是幸運。後來逐漸演變成只要看到穿黑衣的煙囪工就能帶來好運。

8 敏銳的嗅覺

這座立鐘突然發出古怪的聲響，滴滴答答又嘎吱嘎吱，彷彿內部有許多齒輪轉動著。彼得緊張的往後退一步。三個問號聽到一個轟隆聲，接著出現一連串令人毛骨悚然的聲音。剛開始只能聽到單獨的音符，可是接著便是低沉男聲唱的歌曲。

「這……這……？」彼得正想發問，可是佑斯圖把食指放在嘴唇上：「噓！小聲！注意聽這首歌！」

火不斷燃燒，

人們不斷奔跑！

然而岩灘市有個英雄，

不分氣候救火。

這個英雄應該受到表揚，

繼承人皆大歡喜。

但是他們必須先證明，

遺產歸屬他們。

他們的聲音具有一股力量，

足以顯示他們誠實無欺！

因為只有他的血親，

將獨自獲得全部的美物！

為此繼承人必須順著他的心臟，

到達綠藻之處。

彼得目瞪口呆。「這簡直是胡言亂語嘛。這首歌從哪裡發出來的？」

佑斯圖把頭探進鐘內。「應該是我們剛才調整的時間啟動了機械，類似音樂盒的原理。這件案子愈來愈有趣了。」

沒有人發覺鮑伯從口袋裡掏出一本小冊子，迅速記下了歌詞片段。「火，英雄，遺產，聲音，綠藻。我們又有一個新謎題了。」他唸著。

佑斯圖拿走他手上的小冊子說：「跟我走！我們到露臺上一起動腦筋想吧。那裡還有櫻桃蛋糕。有蛋糕在我的嘴裡，比較能夠幫助我思考。」

這三個男孩才在藤椅上舒服的坐下來，屋頂上的煙囪工就爬下了梯子。三個問號因為一時興奮，完全忘了煙囪工在場，也沒有察覺他一直偷聽他們說話。他悶聲不響的走到立鐘前，開始撥動指針，接著又響起了那首詭異的歌。

「喂！您在那裡做什麼？不要碰那個鐘！」佑斯圖喊著。

煙囪工吃了一驚，趕忙奔向他的腳踏車。彼得跳了起來，不小心踢倒了藤椅，接著便緊追在這個男人後面。「不要跑！」

快接近回收場入口時，彼得才追上。當彼得正要抓住這個男人時，男人卻賣力往前衝一大步，所以彼得只抓到了他左腳的鞋子。接著這個假煙囪工便逃得無影無蹤。

「真是可惡！」彼得氣喘吁吁的說。「只

差那麼一點點，我就逮住他了。」

「一開始我就覺得這個傢伙很可疑，」佑斯圖嘆著氣說：「我根本不該讓他上屋頂。我打賭他一定全部聽見了。」

「很明顯，他是間諜。」鮑伯說。「兄弟們，這是第三次有人企圖接近這個立鐘。先是維爾瑪太太和伊莉莎白，然後又是維爾瑪太太和黑袍幽靈，現在是假煙囪工。」

彼得深吸了一口氣。「可是這一次我們有一個證物。你們看：我抓到了他的鞋子。我們掌握了一條重要線索。」

佑斯圖觀察著這隻髒兮兮的運動鞋，然後說：「事情漸漸可以拼湊在一起了。快，我們趕快看看石膏模型變硬了沒有。因為我懷疑……」

三個問號迫不及待的跑向製作模型的地方。彼得和鮑伯檢查了石膏。「太好了，石膏已經硬得像石頭，可以把模型拿起來了。」

佑斯圖拿著那隻煙囪工的鞋子，將鞋底和石膏模型的底部對照比較。「果然沒錯！完全符合我的猜測：腳印就是來自這隻鞋子。這就表示，這個假煙囪工和昨夜裡的黑袍幽靈是同一個人。我們的偵辦有進展了。」

鮑伯望了一眼牆上的梯子說：「問題只在於，這個假煙囪工是否聽見了歌詞。」

佑斯圖把石膏模型放回地上，接著說：「很有可能。畢竟這首像幽靈般的歌曲非常大聲。假如在立鐘內唱歌的幽靈洩露了機密，那麼假煙囪工當然也都聽到了。況且他還自己撥動了指針，讓這首歌曲又播放了一遍。」

鮑伯揮著他的小冊子說：「現在就看這個間諜能不能記住歌詞。不論如何，我已經把歌詞寫下來了。而且我還想到一個辦法，只要這樣做，世界上就沒有人能夠再讓這個鐘唱歌。」

「你打算怎麼做？」彼得驚訝的問。

鮑伯說：「只要把指針拆掉就好了。這樣一來，就沒有人可以設定祕密時間，也無法讓幽靈唱歌。」

轉眼間，他已經把指針拆下來了。彼得點頭贊同。「現在佑佑必須編一個故事，好對提圖斯叔叔交代。要是他發現新買的鐘少了指針，一定很不開心。」彼得笑著說。

三個問號全笑倒在紅色絨布沙發上。突然間，佑斯圖皺起了鼻子。發現手上一直握著假煙囪工的鞋子。「噢！這隻鞋子好臭！太恐怖了。」三個問號的團長連忙要丟掉鞋子，可是他又突然住手，全神貫注的再聞了一次。

鮑伯皺起臉說：「佑佑，雖然你的偵探嗅覺很靈敏，可是你不覺得你這樣聞臭鞋子很誇張嗎？」

但是佑斯圖搖搖頭，說：「不會！因為我現在知道，昨晚那個黑袍幽靈的臉讓我想起了誰。就在我剛才聞鞋子的時候，我想到了。」

他的兩個好友充滿期待的望著他。

「趕快說吧！」彼得喊著。「你想到誰？」

「史基尼・諾里斯。在下著大雷雨的夜裡，我們的死敵偽裝成幽靈，在回收場上鬼鬼祟祟的。」

鮑伯拿起佑斯圖手上的鞋子一聞，小聲的說：「佑佑，你說得對！只有史基尼・諾里斯的臭腳才有這麼噁心的氣味。」

9 關鍵線索

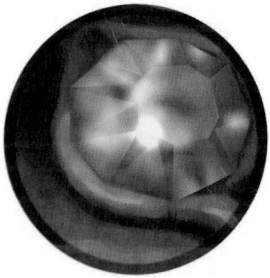

「可是史基尼和維爾瑪太太、伊莉莎白、老爺鐘有什麼關連呢？」彼得用懷疑的眼神望著好友們。

「我也不知道。」佑斯圖坦白的說。「可是一定和這首神祕兮兮的歌有關。所以我們應該仔細解讀歌詞。」

鮑伯開始朗誦：「**火不斷燃燒，人們不斷奔跑**。這很清楚：顯然發生了一場火災，讓許多人逃難。」

「對，很明顯。」彼得贊同的說。

鮑伯繼續唸著：「**然而岩灘市有個英雄，不分氣候救火！**這是什麼意思？」

「一定是福瑞德・費爾曼！」佑斯圖大聲說。「他是岩灘市鼎鼎大名的英雄，因為他在西元一九〇二年消滅了一場大火，救了市民。」

「很好，聽起來合乎邏輯！」鮑伯繼續看著他的小冊子。「接下來是：**這個英雄應該受到表揚，繼承人皆大歡喜。**繼承人一定是指福瑞德・費爾曼的後代。可是為什麼應該表揚他呢？他已經過世那麼久了，怎麼慶功？」

「可以啊，」佑斯圖說：「福瑞德・費爾曼已經在當時受到表揚，譬如市集廣場上就有他的紀念銅像。不知道是不是這個意思？」

「可是為什麼繼承人比其他人更高興？」鮑伯插話問。「紀念銅像又不是送給他們的禮物。」

「沒錯。」佑斯圖開始捏著他的下脣。「如果只有繼承人才能皆大歡喜，我猜，那是他們應該獲得的東西。可是到底是什麼？接下來的歌詞呢？」

鮑伯唸著：「但是他們必須先證明，遺產歸屬他們。他們的聲音具有一股力量，足以顯示他們誠實無欺！因為只有他的血親，將獨自獲得全部的美物……」

「聽起來好像真的有遺產，」佑斯圖推論著，「而且要得到美物，繼承人必須藉著他們自己的聲音，證明自己是正牌繼承人。」

「或許這就是他們站在立鐘前面大聲說出數字的原因？」彼得思索著。

「那他們就搞錯了。」佑斯圖說。「因為我們現在已經知道怎麼操作這座鐘。」

「況且是在調整時間之後，這座鐘才發出神祕的歌聲，洩露了謎語。所以歌詞裡提到的聲音，一定另有別的意思。」鮑伯解釋著。「可是最詭異的還在後面：**繼承人必須順著他的心臟，到達綠藻之處**。聽起來真的很怪！」

佑斯圖點點頭。「我也這麼覺得。兄弟們，我建議，我們先找出這個神祕的遺產是什麼。一起去圖書館吧。」

三個問號騎著腳踏車上路。半個小時之後，便到了市立圖書館。他們勤奮的尋找各種記載岩灘市歷史的資料。沒有多久，鮑伯果然發現一個關鍵線索。

「這裡！」他叫了出來。他指著舊報紙上的一張黑白照。「這是福瑞德・費爾曼在岩灘市救火之後的照片。你們看他手裡拿的東西……」

他的兩個好友彎下腰望著照片。「一條掛著鑽石鍊墜的黃金項鍊！」彼得喘著氣說。「而且是一顆碩大無比的鑽石！」

「岩灘市為了表揚福瑞德・費爾曼的英勇行為，頒贈給他這條項鍊。這可能就是謎語的解答。這麼大的鑽石墜子肯定價值非凡。」鮑伯喊著。「後來這個鑽石發生什麼事了？」

三個問號又把頭埋進書堆裡。接著又是鮑伯發現了另一個關鍵線索。「鑽石失蹤了。」他宣布著。「福瑞德・費爾曼把項鍊送給他的妻子艾蜜莉當作新婚禮物。從此以後再也沒有人見過這顆鑽石。」

「很有趣！」佑斯圖開始用大拇指和食指捏著下脣。「這顆鑽石肯定引起不少壞人覬覦。現在的問題是：誰是歌詞中提到的合法繼承人？『他們的聲音具有一股力量』又是什麼意思？擁有這種聲音的人，可以證明自己是真正的繼承人。」

彼得竊笑著說：「史基尼絕對不是……」

「維爾瑪太太也不是，否則她早就自己唸出數字了。」鮑伯揣測著。

「說得好，鮑伯，這就是答案！」佑斯圖跳了起來。「維爾瑪太太不是！可是受她監護的伊莉莎白就是真正的繼承人！所以維爾瑪太太命令她說出數字。她一定知道這整件事情和聲音的關係，因為她是伊莉莎白的監護人。她找史基尼幫忙，可能是為了能夠避人耳目的再進入回收場一次。」

「你的意思是，伊莉莎白可能是福瑞德・費爾曼的繼承人？」彼得低聲說。

「對，」佑斯圖回答：「所以我們必須去找伊莉莎白！而且我也知道她在哪裡！」

10 隱形敵人

當佑斯圖、彼得和鮑伯下午回到回收場時，他們的身邊還多了伊莉莎白。然而三個問號並未察覺，有一個奇怪的形體也跟著他們偷偷潛入了舊貨中心。

這個不明人士偽裝成破銅爛鐵：頭上套著一個骯髒的鐵桶，鐵桶上割出了可以偷窺的細縫，整個身體掛著生鏽的鐵片，雙腳還插在兩個破舊的烤土司機裡。如果不仔細看，可能會把這個形體當作一堆變形的廢鐵而已。這個廢鐵妖怪在一邊靜靜等候著時機，然後趁沒有人注意時一溜煙走到老爺鐘附近。他在那裡看起來像是一堆金屬廢料。混在其他鏽鐵當中，根本不起眼。

就在這時候，伊莉莎白又問了三個問號一次：「你們怎麼找到我的？為什麼不能讓維爾瑪太太知道？」她緊張的扶著眼鏡。

佑斯圖把手放在她的肩膀上，試圖讓她安心。他解釋著：「在岩灘市找你並不難。我們猜想你和你的監護人應該住在旅館。因為維爾瑪太太看起來有點小氣，所以我們就從最便宜的旅館開始找起。接下來就非常簡單了。」

伊莉莎白怯怯的笑著說：「你們猜的一點也沒錯。維爾瑪太太真的非常小氣。我還很小的時候，她就是我的監護人了。我平常住在寄宿學校，可是現在放暑假，維爾瑪太太把我從學校裡接出來，說要帶我來岩灘市進行一趟探險之旅。不過到目前為止，在這裡度假一點也不刺激。她反而一直要我和這個無聊的老爺鐘說話。」她垂下目光盯著地面。「很抱歉，我們把你們的叔叔惹火了。維爾瑪太太有時候很沒禮貌。」

「你別放在心上。」佑斯圖安慰她。接著他補充說：「另外，提圖斯叔叔並不是我們所有人的叔叔。他是我的叔叔。因為我的爸媽在一場意外中喪生，所以我跟叔叔嬸嬸一起住很久了。」

「你的爸媽已經死了？」伊莉莎白望著佑斯圖，露出感同身受的表情。「你和我的遭遇一樣。」

「對啊。」佑斯圖點點頭，然後發出鼓勵的微笑。「但是我們現在想問你別的事情。在旅館，你是以維爾瑪太太的姓氏辦理住宿登記。原本你是不是還有另一個姓呢？比方說……費爾曼？」

伊莉莎白頓時目瞪口呆。「你們怎麼知道？」她脫口而出的問。

「對，我叫做伊莉莎白・費爾曼。」

鮑伯的眼睛一亮。「你知道你有一個赫赫有名的祖先，而且他來自岩灘市嗎？他叫做福瑞德・費爾曼！他的太太是艾蜜莉。」

「福瑞德和艾蜜莉……」伊莉莎白支支吾吾著。「他們是我的曾曾曾祖父母。我根本不知道他們以前住在岩灘市。我只在一本老舊的家族相簿裡，看過一張他們的泛黃照片。福瑞德是消防員，是嗎？」

「沒錯，而且是一個著名的消防員！」彼得回答。「西元一九〇二年，他在岩灘市消滅了一場大火！」

「奇怪了，」伊莉莎白緩緩的說：「維爾瑪太太特地帶我來這裡度假，卻完全沒有半個字提到我的祖先。」

「的確很奇怪。」佑斯圖贊同她的說法。然後他指著那座古老的立鐘說：「順便告訴你，這座鐘也和你的祖先有關。」他帶著伊莉莎白走近立鐘，並且微笑著說：「別害怕，你不必再對著它說出數字。我們已經解開這個祕密了。」

佑斯圖接過鮑伯手上的兩個指針，然後裝在數字盤上。接著他把指針撥到正確位置，最後壓下凸出的小按鈕。十點五十七分。頓時又傳出了幽靈般的歌聲。伊莉莎白全神貫注的聆聽著。之後，佑斯圖把三個問號對前段歌詞的詮釋告訴她。

伊莉莎白突然瞪大著眼睛看著三個問號。她說：「我知道最後幾句歌詞的意思。**他們的聲音具有一股力量，足以顯示他們誠實無欺！因為只有他的血親，將獨自獲得全部的美物！**這就表示繼承人必須是正牌的費爾曼家族成員。因為所有的費爾曼家族成員，都具有一種非常特別的天賦！」

「特別的天賦？」鮑伯好奇的望著伊莉莎白。「是什麼？」

伊莉莎白微笑著說：「你們馬上就會知道了！」

11

「碎碎」可以平安嗎？

伊莉莎白・費爾曼深深吸了一口氣。「費爾曼家族，」她解釋著，「具有一種特殊能力。我們每個人都能用一種獨特的方式唱歌。」

「唱歌？」彼得緊張的問。「你是指歌曲嗎？」

伊莉莎白點點頭。「單音、歌曲，所有可以唱出來的都算。但是以一種獨一無二的方式。」

「比方說呢？」佑斯圖好奇的望著她。「你們的聲音特別美妙嗎？」

伊莉莎白笑著說：「不是，老實說根本不好聽。但是我們的聲音裡有一種與眾不同的力量。有些著名的歌劇聲樂家，也具有我們這樣的能力。你們有玻璃杯嗎？我讓你們見證我的能力！」

佑斯圖跳了起來，說：「當然有，在回收場上多的是玻璃杯。一定要很貴重的嗎？」

「最好不要！盡量找最便宜的。」

「可是玻璃和歌唱有什麼關係？」當佑斯圖跑去拿玻璃杯時，彼得問。

「你們馬上就知道了。」伊莉莎白期待的望著已經回來的佑斯圖。他遞給她一個很舊的葡萄酒杯。

「這個可以嗎？」佑斯圖問。

「太好了！」伊莉莎白把玻璃杯放在幾公尺外的一個石頭火爐上。這個火爐已經在回收場好多年了。「等一下如果你們的耳朵很痛，就趕快摀住吧。」她帶著警告的語氣說。「但是注意看著這個玻璃杯！」

佑斯圖突然張大了眼睛，喊著：「伊莉莎白！唱歌和玻璃，我現在懂了！是不是你會……」

可是他的話還沒說完，伊莉莎白已經張嘴唱了一個高音。這個聲音非常響亮，有如高聲尖叫，在空氣中震盪著。接下來發生一件詭異的事情。在火爐上的玻璃杯突然出現裂痕，緊接著就鏗鏘有聲的爆碎一地。

「這個杯子……」彼得叫著：「破掉了！」

「爆碎了。」鮑伯低聲說。「她用她的聲音爆碎了這個玻璃杯！」

「對，」佑斯圖點點頭，「伊莉莎白能夠用歌聲粉碎玻璃杯。和少數幾個非常知名的歌劇演唱家一樣。」他佩服的望著眼前的女孩，說：「伊莉莎白・費爾曼，這確實是一項特殊的天賦。」

伊莉莎白微笑著。然而三個問號還未能和伊莉莎白繼續聊天，從他們的後面已經傳來一個憤怒的聲音。三個男孩對這個聲音再熟悉不過了。

「怎麼搞的？你們腦筋不正常了嗎？你們在玩球還是做什麼？廚房的窗戶被你們打破了。怎麼有這種事！佑斯圖，你馬上過來這裡！你們得用零用錢賠償！」

「是，瑪蒂妲嬸嬸！」佑斯圖嘆著氣。「廚房的窗戶，一定也是被伊莉莎白的歌聲震碎的。」

伊莉莎白吃驚的摀住嘴巴。「噢！糟了！都是我的錯。當我特別大聲唱歌的時候，偶爾會發生這種情形。需不需要我跟你的嬸嬸解釋一下呢？」

佑斯圖紅著臉說：「呃……不必！最好不要！我們會處理！」他說著便朝向小露臺走去。「瑪蒂妲嬸嬸，我們來了。我們沒有玩球，我們只是……呃……我們覺得很抱歉。這是很蠢的意外！」他向彼得和鮑伯招手，示意他們過去幫忙解圍。

「我們馬上就回來，伊莉莎白。」鮑伯低聲說。「瑪蒂妲嬸嬸雖然會烤全世界最好吃的櫻桃蛋糕，可是只要她一生氣，就很難擺平她。」

伊莉莎白點點頭，目送著佑斯圖、彼得和鮑伯。他們就像管風琴一樣筆直的站在露臺上，聽著瑪蒂妲嬸嬸大聲訓斥。

伊莉莎白聽見佑斯圖喊著：「可是，瑪蒂妲嬸嬸！俗語說『碎碎』平安……」就在同時，從她身後的廢鐵堆裡出現一個怪東西。這個為了掩人耳目而佯裝成破銅爛鐵的形體，正走向伊莉莎白。這個廢鐵妖怪每走一步，就發出輕輕的鏗鏘聲，身上的鐵片也嘎吱嘎吱的摩擦著。伊莉莎白吃驚的轉身。就在這一剎那，廢鐵妖怪舉起手臂，一把捉住伊莉莎白，然後把一個老舊的大布袋往她的頭上套。

「救命啊！」伊莉莎白嚇得全身僵直。

「閉嘴！」廢鐵妖怪低沉的吼著。「否則我就對你不客氣！」

這些話發揮了功效。伊莉莎白害怕的沉默不語。不一會兒，廢鐵妖怪已經把她完全塞進大布袋裡，一把扛在肩膀上，然後發出啷啷噹噹的聲響跑走了。

瑪蒂妲嬸嬸火冒三丈，她的聲音之大，蓋過了其他任何聲響：「不是你們做的？那請問是誰？難道是鬼嗎？不是。很抱歉，孩子們，我不相信有鬼。我要你們把碎片掃一掃，然後把窗戶帶去給修玻璃的工人。在還沒完成這些事之前，不准吃櫻桃蛋糕。」

「我們當然會負責這片破掉的玻璃，」佑斯圖說：「可是這真的是不幸的巧合。伊莉莎白的聲音，有一種能夠讓玻璃碎裂的力量。剛才她向我們展示了這種非比尋常的能力。」

「伊莉莎白？請問這又是誰？」

「當然就是站在那邊的那個女孩呀！」佑斯圖一邊轉身一邊伸出手，準備指向伊莉莎白・費爾曼。然而他吃驚的停下動作。伊莉莎白原先站著的地方，現在根本不見人影。瑪蒂妲嬸嬸無法理解的搖著頭，然後走回屋子裡。

「兄弟們，」佑斯圖狐疑的問：「她在哪裡？」

「走了！」鮑伯喃喃的說。

「可是她為什麼溜走了？」彼得問。「難道她很怕瑪蒂妲嬸嬸？」

「有可能，」佑斯圖若有所思的說：「也說不定是她故意捉弄我們，因為她想知道這個會唱歌的鐘有什麼祕密？我們等一下再弄清楚。我們現在恐怕得先把玻璃碎片掃乾淨。」

12 按部就班

三個問號將破掉的廚房玻璃窗處理完之後，便開始討論之前發生的事情。

「佑佑，你為什麼覺得伊莉莎白可能騙了我們？」鮑伯問。「她看起來很親切，一點也不像是個間諜。」

「我也希望是這樣，」佑斯圖坦白的說：「可是你們想想看，我就是沒辦法想像她是因為害怕瑪蒂妲嬸嬸才逃跑的。你們忘了嗎？她

的監護人是維爾瑪太太！但是她也沒有躲著維爾瑪太太呀。再說，和這個惡毒的母老虎比起來，瑪蒂妲嬸嬸是全世界最好的嬸嬸了。」

「所以你的意思是，伊莉莎白背叛了我們？」彼得帶著沮喪的神情說。

「背叛？」鮑伯眉頭一皺，說：「她哪裡背叛我們了？她是費爾曼家族的成員。我們可以推測這件事情和福瑞德・費爾曼的遺產有關，也就是岩灘市為了表揚他的義勇行為而頒贈的鑽石。如果伊莉莎白是他的合法繼承人，這顆鑽石理所當然歸她所有。」

「很有可能，」佑斯圖說：「不過問題是：為什麼有人把鑽石藏起來？所有這些謎團又是怎麼回事？」佑斯圖繃緊了肩膀。「我認為，只有仔細調查這個老爺鐘的祕密，才能偵破這個案子。具體的說，我們必須找出以下問題的答案：這個老爺鐘的來源？是誰在鐘內設置這首詭異的歌曲？」

就在這時候，提圖斯叔叔回來了。「嘿，你們三個，」他說：「真抱歉，又要讓你們再搬一次老爺鐘了。瑪蒂妲就是看它不順眼。」

「沒問題，提圖斯叔叔。」佑斯圖回答。「但是你可以告訴我們，這個鐘到底是從哪裡來的嗎？」

提圖斯叔叔思索了一會兒便說：「這是私人物品，不知是誰留下來的遺物。在拍賣品目錄中，只登記著英文姓名的起首字母：H.H.。我知道的就只有這些。你們放心吧，我很快就會把它賣掉了。」提圖斯叔叔開懷的笑著，然後吹著口哨離開了。

三個問號會心的看著彼此。「耳.耳.肯定就是福瑞德・費爾曼。可是為什麼他在鐘裡裝置了幽靈歌聲呢？」彼得說。

「原因很簡單！」佑斯圖用力捏著他的下脣說：「福瑞德・費爾曼一定想出了一個辦法，讓正牌的後代子孫有朝一日能夠繼承他的遺物。為了安全起見，他把祕密藏在他的鐘裡。」

「佑佑，你的推斷太棒了！」鮑伯點頭贊同。「福瑞德・費爾曼當然知道，只有真正的費爾曼家族成員，才能遺傳費爾曼家族獨特的天賦。他在歌詞中設計了謎語，是為了在離世後把遺產傳承給正確的人。」

「但是兄弟們，」彼得說：「如果老爺鐘唱的歌能夠指引繼承人尋找遺產……那麼繼承人該往哪裡找遺產呢？」

佑斯圖的眼睛一亮。「當然是『綠藻』！」他叫著。「**繼承人必須順著他的心臟，到達綠藻之處**。現在我終於懂意思了。」

「你知道這句歌詞的意思？」鮑伯和彼得驚訝的盯著佑斯圖。

「當然！我原本以為這個線索可能暗示著海洋，因為我以為只有那裡才長著海藻。可是兄弟們，這大錯特錯！在岩灘市還有一個地方，那裡有數不清的綠藻。而且這個地方直接和福瑞德．費爾曼有關！」

鮑伯和彼得這時也恍然大悟。

「一點也沒錯！」鮑伯喊著。「你指的是岩灘市市集廣場上的噴水池。福瑞德・費爾曼雕像就在噴水池中央！那裡的溼石頭上長著許多綠藻。」

「所以你認為，這座雕像的內部有一個地方，藏著如何找到鑽石的祕密。難怪歌詞裡提到『順著他的心臟』！」彼得說。

「我想的正是如此。」佑斯圖滿意的微笑著。

佑斯圖走向立鐘，接著說：「福瑞德・費爾曼，你不但是一位勇敢的英雄，也是一個聰明機智的人！」就在這時候，佑斯圖突然停止說話，彎腰撿起地上的東西。他的臉色頓時發白。「兄弟們，你們認得這一副眼鏡嗎？這是伊莉莎白的！可是為什麼掉在地上？而且恰巧掉在她之前站著的地方。如果她是自己離開，應該不會丟下眼鏡。」

鮑伯吃驚的摀住嘴巴。「這就表示……」

「表示伊莉莎白被綁架了。」彼得接著把話說完。

佑斯圖用力點著頭，並且把眼鏡收在口袋裡。「兄弟們，我提議我們立刻出發，展開下一步行動，把謎團解開。因為依目前的情況看來，伊莉莎白可能遭遇很大的危險。我們必須比維爾瑪太太和他的幫兇史基尼搶先一步。到目前為止，沒有一個祕密可以難得倒我們三個問號！」

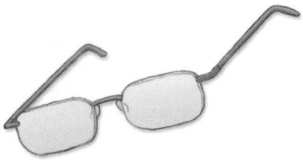

13 噴水池

三個問號抓起他們的腳踏車，往岩灘市區飛速奔去。這個時候正是中午，市區內大多數的商店都因為午休而關門。只有兩個人坐在「吉歐凡尼咖啡屋」前，把頭埋在打開的報紙裡。

佑斯圖滿頭大汗的把腳踏車停靠在噴水池旁。潺潺水流從福瑞德・費爾曼的銅像裡湧出，然後在水池內嘩啦嘩啦的濺開。

「我真想跳進去。」三個問號的團長氣喘吁吁的說。「我好熱，熱到沒辦法思考了。」

鮑伯從口袋裡掏出小冊子。他說：「可是我們必須思考，否則就沒有進展。而且伊莉莎白需要我們的救援！」

彼得聽了故意擺出一副感動的模樣，然後唱起歌來：「噢，伊莉莎白，噢，伊莉莎白。忍耐點，因為英勇的鮑伯快來救你了。」

鮑伯生氣的從噴水池裡舀起水，往彼得的臉上潑去。「別鬧了！一點也不好玩！我們現在面對的是綁架案。」

佑斯圖彎著腰，把整個頭浸在噴水池裡。「啊，好舒服。我的大腦差點就蒸發了。鮑伯，你再把幽靈歌的最後一句唸一遍。」

「繼承人必須順著他的心臟，到達綠藻之處。」

彼得用手探查著噴水池的邊緣。「就像你們說的，這裡長著綠藻。可是歌詞裡提到的『心臟』是什麼意思？」

鮑伯慢慢繞著噴水池的周圍走。他說：「我無法想像鑽石被藏在這裡，否則謎底就太容易解開了。畢竟到目前為止，福瑞德・費爾曼出了許多棘手的難題。你們回想一下那個複雜的老爺鐘，還有裡面設定的祕密機關！」

佑斯圖也有同感。「可是如果噴水池是正確的線索，我們一定可以在這裡找到跡象。你們全神貫注的想一想，這裡和心臟有什麼關連？」

彼得二話不說的脫去鞋子，踏進噴水池。

「你想洗澡嗎？」鮑伯竊笑著。

彼得說：「不是，我只是想仔細看看福瑞德的銅像。我們之前在他的老爺鐘上調整指針才找到線索，所以我確定：他的銅像裡也藏著祕密。」他急切的把手指插進消防員的水管噴頭內，結果一道細長的水柱立刻噴向他的臉，把他濺溼了。

佑斯圖大笑著說：「省省吧。在你之前，就已經有成千上萬的人這樣做過。但是歌詞裡提到的『心臟』到底是什麼意思？這是我們唯一的線索。」

彼得用手指關節敲著銅像的胸腔，說：「這個大善人福瑞德的心臟應該在這裡吧。可惜聽起來是中空的。」

鮑伯把身體往前傾向噴水池，對著彼得說：「你再仔細看一次。說不定那裡刻著某種符號？」

「呃，什麼都沒有啊。福瑞德穿著一件有鈕釦的消防隊員制服……等一等！其中一顆鈕釦看起來有點不一樣。就是這一顆，大約在心臟的高度……」

佑斯圖興奮的打斷他的話：「什麼意思？這顆鈕釦哪裡不一樣？」

彼得小心翼翼的用手指觸摸著，然後說：「我相信這顆鈕釦是一個按鈕。」

「太不可思議了，」鮑伯驚訝的說：「快，用力按到底！我想知道會發生什麼事。」

彼得望了一下他的兩個好友，然後深深吸了一口氣，毫不遲疑的按下鈕釦。起先並沒有任何動靜。但是消防水管的噴頭卻突然停止噴出水柱，而且銅像的內部發出詭異的怪聲。

彼得驚嚇的跳出了噴水池。「現在會發生什麼事？」他問。

佑斯圖指著水說：「那裡！你們看！噴水池的水快流光了。」

鮑伯驚訝的合不攏嘴。他說：「真的！好像浴缸排水孔的塞子被拔掉一樣。」

沒有多久，整個噴泉的水都消失了。水池底部出現了一個大洞。佑斯圖試探性的把一顆小石頭丟進洞裡。過了好一會兒，才聽見石頭落地的聲響。「底下似乎很深。這顆鈕釦啟動了一個開口，池水就從這個洞流走了。」

彼得害怕的往後退一步。「佑佑，你現在打算怎麼樣？」

鮑伯回答：「那還用問嗎？你明明就很了解我們的大偵探佑佑。在破案之前，他絕對不會鬆懈。有一件事情已經很清楚：謎底不在噴水池表面，而是在這個洞裡的地底深處。對吧，佑佑？」

「沒錯。還好我在背包裡放了一些有用的東西，包括手電筒。我們現在出發吧！」

彼得緊張的搔著頭。「我早就有預感會碰到這樣的事。假如你的叔叔沒買這個愚蠢的老爺鐘就好了。」

佑斯圖跨進空空的水池內，用手電筒照射著大洞。「我看見通往

底下的鐵梯。我要下去了。」

鮑伯也從佑斯圖的背包裡抓了一支手電筒。他取笑佑斯圖：「如果你卡在洞裡，就必須等好幾天，等到你變瘦就出得來了。」

佑斯圖假裝沒聽見，不一會兒，他已經消失在洞裡。

「怎麼樣？」彼得喊著。「下面有東西嗎？」

洞裡傳來佑斯圖的聲音：「你們快下來看。一定讓你們很驚訝。」

鮑伯好奇的跟著走下鐵梯，只剩彼得還站在噴水池前拿不定主意。「我幹麼自找罪受？」他小聲的自言自語。「其實有兩個問號就夠了呀。」

可是他左思右想了好一會兒，說：「不對！兩個問號畢竟不是三個問號！這樣不行！」接著他心意堅定的走進噴水池內。

14 地底下

岩灘市的市集廣場上仍舊很安靜。只有兩個人還坐在「吉歐凡尼咖啡屋」前面的一張小桌子旁，全神貫注的把頭埋在打開的報紙裡。當彼得的身影消失在水池裡時，其中一個人才放下了報紙，然後擺在桌上。這個人是維爾瑪太太。「太好了！現在我們終於有大進展了。這三個小毛頭做得好。史基尼，你可以把報紙擱到一邊了。」

在她旁邊的史基尼・諾里斯，呆頭呆腦的從報紙後面探出頭來。

他的脖子上搖晃著一塊生鏽的鐵片。毫無疑問的，他就是偽裝成破銅爛鐵、從提圖斯叔叔的私有土地上綁架伊莉莎白的人。

維爾瑪太太望著這個年輕人笨拙的模樣，不禁搖頭。「史基尼，去我的車上拿兩支手電筒，也把伊莉莎白帶過來。還有，拜託你把這個鐵片從脖子上拿下來。你這樣會露出馬腳。」

「噢……對不起。」史基尼支支吾吾的說。「沒問題，我馬上回來。」

維爾瑪太太從皮包裡拿出一個小鏡子，在鼻子上補了一點蜜粉。她咒罵著：「真是個白痴！」

不久史基尼・諾里斯又站在她的面前。他的肩膀上扛著一個大布袋，裡面傳出含糊不清的講話聲。

「你現在給我閉嘴，不要動來動去！」史基尼破口大罵。「維爾瑪太太，我們現在要做什麼？」

維爾瑪太太把鏡子收到皮包裡，態度堅定的站起來。「這還要問嗎！我們跟蹤這三個男孩。我有預感，我們快要達到目的了。之後你可以獲得你的酬勞。這件事情就完成了。」

她說完便直接走向噴水池。「聽著，你先帶著伊莉莎白往下走。但願裡面沒有老鼠。這個愚蠢的福瑞德．費爾曼怎麼會想出這種無聊的把戲？這比按圖索馬還慘。」

史基尼跨過噴水池的邊緣，走向中央的大洞。他說：「維爾瑪太太，正確說法不是按圖索『馬』，是按圖索『驥』。」

「喂，你給我閉嘴，你這個自以為聰明的傢伙！你想拿到酬勞，就別在這裡說廢話，而是幫我找到東西。快走！進去洞裡！」

史基尼・諾里斯扛著麻袋，非常吃力的走入噴水池的洞裡。維爾瑪太太很快的跟在他身後。

「唉呦！您小心一點可以嗎！您踩到我的手指了。」史基尼在地底下發出哀嚎。

維爾瑪太太惡毒的笑著說：「年輕人！不要裝可憐！多一根、少一根手指根本不重要。反正你有十根手指。」

這個時候，三個問號已經在地底的通道裡走了一段路。那裡散發著陳腐的氣味，潮溼的牆上不斷滲出水滴。所幸他們帶了手電筒，這一點讓彼得感到欣慰。他們踏進噴水池的洞之後，便踩著生鏽的鐵梯深入地底十公尺，接著便出現一條很長的隧道。

他們走在隧道裡時，一陣刺耳的尖笑聲突然直逼而來。

彼得驚嚇的說：「你們聽到了嗎？那是什麼聲音？」

鮑伯試著安撫他：「別慌！應該只是一隻貓。我猜，牠在這裡尋找一些肥老鼠。」

可是鮑伯的話卻達到反效果。彼得叫著：「老鼠？我最討厭老鼠了。」

佑斯圖則在最前頭打著燈光。他說：「提圖斯叔叔有一次告訴我，在淘金熱的時期，大家也在岩灘市的地底下找金礦。我覺得這裡很像一座廢棄的礦坑。」

鮑伯的眼鏡因為溼氣而變得模糊。他只好用身上的T恤把鏡片擦乾淨，然後重新戴上。他接著說：「有可能。加州的淘金熱差不多延續了五十年，就在福瑞德・費爾曼消滅岩灘市大火之前。也就是說，他在世時，就已經有這座金礦坑了。」

他們小心翼翼的往前摸索著。突然間，彼得在通道裡發現一把生鏽的十字鎬。「兄弟們，看起來你們的推論很正確。我只希望，我們不會遇到變成骷髏的淘金客。」

鮑伯把手電筒的光源直接對著下巴的位置，他的臉頓時閃著令人毛骨悚然的白光。他低沉的吼著：「是誰膽敢偷我的黃金？你們儘管放馬過來吧，我要把你們剁碎。我是卡爾・皮包骨的骷髏。」

彼得一把拿走鮑伯的手電筒說：「別鬧了！否則你們就自己繼續走。我不奉陪了。」

就在這個時候，佑斯圖停下腳步。「你們看，這條通道只到這裡為止。前面是一個很大的地下室。」

三個問號驚訝的看著眼前的地下室。牆壁和天花板由粗木杆支撐著，到處滲透著水滴。就在他們的面前，有一條生鏽的火車鐵軌。鮑伯還發現了一個古怪的帶輪車子。「看起來像是一臺老礦車，用來把礦場的石頭運出礦坑。」他說。

「好噁噢！這裡怎麼有這種噁心的布丁？」彼得突然大聲尖叫。他向前踏一步時，一隻腳陷入了泥沼。他抓起一顆大石頭，往前扔了幾公尺，頓時四處濺起了爛泥巴，石頭也隨即消失不見，接著地面上冒著氣泡。

「你們看見了嗎？我們眼前的地面是軟的，是一個不折不扣的泥坑。我們如果繼續走，就會沉入泥沼。各位，前面已經沒有路了，我們必須回頭。」彼得說。

就在此時，他們又聽見後方傳出怪聲。佑斯圖若有所思的捏著下脣。他說：「兄弟們，事情有些不對勁。我認為，還有別人闖進這裡。有人跟在我們後面。走吧，我們無論如何要跨過這個泥沼。彼得，幫我抬起這塊長木板！」

彼得立刻明白佑斯圖的意思。「沒問題。你想架一座橋吧？」他們一起把這塊長木板推到泥坑上。

佑斯圖鼓起勇氣率先走。「好，我先試試。如果這塊木板承受得住我，那麼對你們來說也沒有問題。」接著他平衡著身體，戰戰兢兢的一步步跨過泥沼。

「不錯嘛，佑佑。」鮑伯竊笑著說：「憑著這個表演，你一定可以在馬戲團裡大放異彩。」

然而佑斯圖非常鎮靜，絲毫不受影響。「好了，我已經到了這一邊。你們也可以過來了。但是在木板中央時要特別小心，因為那裡搖晃得很厲害。」

接著鮑伯和彼得也先後跨過泥坑，抵達了另一邊。

「呼，好險我沒有掉下去。你們有沒有聞到？這個冒泡的泥沼臭死了。誰掉進去，誰就完蛋了。」彼得說。

佑斯圖又用手電筒照射著前方。在一道凸出的牆面後方，他發現了一個箱子。「你們看！這裡有一個舊木箱。」

鮑伯試著掀開蓋子。「鑽石會不會在這裡面？」

當他們三個合力打開沉重的蓋子時，彼得害怕的用手電筒往箱內照。「這是什麼東西？」他驚訝的叫著。

「看起來像一件外套。」彼得小心翼翼的把這個奇怪的東西拿出箱子。然後他很確定的說：「對，這是一件古老的消防員制服。」

三個問號突然明白他們找到了什麼東西。在制服的背面有一個名牌，上面磨損的字體依稀可見。辨識出這個名字並不難。佑斯圖、彼得和鮑伯異口同聲的叫了出來：「福瑞德・費爾曼。」

15 爛泥坑

就在此時，他們聽見了說話聲，同時有一道手電筒的亮光來回照射著地下室。佑斯圖抓住兩個好友的肩膀說：「注意！頭低下來！我們躲到凸出的岩塊後面！」

從他們躲藏的地方，可以看見一直跟蹤他們的人。「是維爾瑪太太和史基尼・諾里斯！」彼得震驚的低聲說。

「維爾瑪太太，這個布袋太重了。難道我們不能休息一下嗎？」

史基尼看起來飽受折磨。

「別裝可憐了，年輕人。我雇用你做事，不是為了聽你發牢騷。這個女孩根本沒有那麼重。」突然間，維爾瑪太太停下腳步。「好噁！這是什麼？看起來好像爛泥坑。」

「而且臭得要命。維爾瑪太太，我們還是回頭吧。」

「回頭？你這個沒用的傢伙！我就快要達成目的了，你竟然想回頭？休想。我打賭，這三個小毛頭一定知道路。他們在這裡架了木板跨越爛泥坑。我不得不承認，這些小毛頭很聰明。快，走過去！你先走！」

史基尼不安的把一隻腳踏在搖搖晃晃的木板上。然而他只走了幾步，木板就開始嘎嘎作響，所以他很快又轉身掉頭。「這塊木板絕對不可能支撐我和這個布袋的重量。維爾瑪太太，這樣行不通。」

「好吧，我們就放她出來，讓她自己走。」

史基尼鬆了一口氣。他抹去臉上的汗水，解開布袋上的結。

「喂，出來！我不再是扛你的苦力了。」

這個布袋一打開，一個頭便鑽出來。鮑伯瞪大了眼睛，低聲說：「是伊莉莎白！」

當史基尼解開了綁在伊莉莎白嘴上的手帕時，她深深吸了一口氣。「這到底是怎麼回事？」她結結巴巴的問：「我在哪裡？」

維爾瑪太太笑著走向她，說：「別擔心，我的乖孩子。這只是一場遊戲而已。我向你保證過，我們在岩灘市將展開刺激的冒險旅行。這場遊戲的下一個任務就是：快速走上那一塊木板，然後在對面等我。」

伊莉莎白吃驚的往後退。「不要，這不行！沒有眼鏡，我根本看不清楚。您到底為什麼要拿走我的眼鏡？請您馬上帶我回到有日光的地方！」

這時候維爾瑪太太生氣了。「我已經說了，我要你走過去。照我的話做！」

伊莉莎白驚嚇的愣在原地。

「你沒聽到嗎？」史基尼也大吼著。「快走，否則我就把你塞回布袋裡！」

因為恐懼而臉色發青的伊莉莎白，把腳踏上木板後，便飛也似的跑向另一端。

「太棒了，孩子！」維爾瑪太太在後頭喊著。「你在那裡等我們。我們馬上就過去。快，史基尼，你先走，再換我。」

史基尼試著在木板上保持平衡。然而當他大約走到中央時，維爾瑪太太突然改變了主意。「等一下！站住！我不信任你這個傢伙。萬一你抽掉木板，和伊莉莎白一起逃跑……等等，我跟你一起走！這塊木板撐得住我們兩個。」

三個問號睜大眼睛互相望著。「糟糕了！」彼得說。「我們現在該怎麼辦？」

佑斯圖突然抓起那件古老的消防隊員外套，然後把手臂伸進袖子裡。接著他把大風帽套在頭上，藉此遮住自己的臉。「彼得，你跪下來，讓我踩在你的肩膀上。快！」

彼得驚訝到什麼也沒問，就照著佑斯圖的話做了。「彼得，就是這樣。很好。現在慢慢的站起來。你也躲進這件長外套裡。當我打出暗號，你就朝著他們兩個慢慢走去。開始行動！」佑斯圖指揮著。

於是，彼得的肩上抬著佑斯圖，踉踉蹌蹌的走向爛泥坑，看起來就像一個穿著制服的消防員，只是身材像巨人一樣高大。

史基尼首先注意到這個恐怖的龐然大物。「維爾瑪太太，」他啞著嗓子說：「您看那裡！」

維爾瑪太太嚇一大跳，手電筒從手裡滑落。她叫著：「噢，天啊！見鬼啦？」

這個龐然大物突然舉起手臂，發出令人不寒而慄的聲音：「我是福瑞德・費爾曼的幽靈。是誰膽敢來這裡打擾我？你們這些醜不啦嘰的小蟲子是誰？我要把你們帶到福瑞德・費爾曼的幽暗世界裡，讓你

們萬劫不復！」

維爾瑪太太和史基尼同時發出尖叫。維爾瑪太太一時驚慌失措，轉身奔向史基尼，企圖跟在他後面，覺得這樣比較安全。可是木板不但開始搖晃，還發出嘎吱聲。

「不要亂動，你這個蠢女人！」史基尼破口大罵。

但是太遲了。木板發出「喀嚓」一聲便斷成兩截，接著他們兩

人便希里嘩啦的掉進了爛泥坑。過了好幾秒之後，他們才吐著氣泡浮上來。維爾瑪太太和史基尼全身上下覆蓋著臭氣沖天的爛泥，他們拚命的掙扎著，想要到達泥坑的另一邊。

這時消防員不寒而慄的聲音又出現了：「你們給我滾出我的地盤！福瑞德・費爾曼這次絕對不再手下留情。」

維爾瑪太太和史基尼氣喘吁吁的從爛泥坑爬出來，使盡全力的跑回隧道裡。

「我要離開這裡！」史基尼尖叫著。「我要離開這裡！救——命——啊！」

這個陰沉晦暗的地下室頓時變得寂靜無聲。這個巨大的消防員開始搖晃著身體，接著佑斯圖笑著從彼得的肩膀滑下來。他的兩個好友也止不住笑聲。最後他們三個蹲在地上捧腹大笑個不停。

「佑佑，」鮑伯喘著氣說：「穿著消防員的外套，假扮成福瑞德．費爾曼的點子真是太酷了。可是你怎麼有辦法裝出這麼恐怖的聲音？」

佑斯圖抹去臉上的笑淚，拿出一個迷你擴音器。這就是他們前天在提圖斯叔叔的小貨車上發現的白色擴音器。「就是這個！為了保險起見，我把這個能夠扭曲聲音的變聲擴音器裝進了背包。當時我似乎有一種預感，這個東西可以派上用場。」

「何止派上用場。你們看到他們倆抱頭鼠竄的樣子嗎？我打賭，他們必須洗好幾天的澡，才能把爛泥巴刷乾淨。」彼得說。

16 玻璃爆碎

就在此時，一個清亮的聲音打斷了三個問號的談話。「有人可以告訴我這裡發生什麼事嗎？我完全被蒙在鼓裡！」伊莉莎白站在他們面前，神情憤怒的兩手叉在腰上。

這三個男孩完全忘了伊莉莎白也在現場。

鮑伯首先開口講話。「請不要嚇壞了。這整件事情確實非常古怪。就是你被你自己的監護人綁架了。」

「我們還救了你的眼鏡！在這裡。」佑斯圖迅速的從背包裡拿出伊莉莎白的眼鏡，小心的幫她戴在鼻梁上。

伊莉莎白帶著謝意望著他，然後說：「可是為什麼維爾瑪太太要綁架我呢？還有這個可惡的史基尼・諾里斯又是誰？」

「他是我們的死敵。只要他出現，總是麻煩不斷。」彼得回答。接著佑斯圖試著簡單扼要的向伊莉莎白解釋整個經過。

伊莉莎白一臉難以置信，聽了直搖頭。「所以我等於是尋找福瑞德・費爾曼的神祕寶藏的密碼？」

「對。」佑斯圖點點頭。「而且我確定，你的聲音是重要關鍵。」

鮑伯的目光搜尋著四周。他說：「問題只在於：這個岩穴裡有什麼東西可以讓伊莉莎白的聲音震碎呢？這裡根本沒有玻璃製品。」

彼得敲著牆壁。「如果可以用肉眼看到玻璃，那也未免太簡單了。因為一支鐵鎚也同樣可以把它打碎。這個玻璃一定是藏在某個地方，說不定甚至染成了黑色，所以不顯眼。」

伊莉莎白輕咳了一下，說：「好，我乾脆就唱歌試試吧。你們先把耳朵摀起來。」她深吸了一口氣，接著尖銳的嗓音劃破了地下室的寧靜。

她的唱音非常清澈，在牆面反射回音的作用下，更是響徹雲霄。三個問號有一種彷彿置身於鐘塔的錯覺。接著發生了不可思議的事情：他們面前的一個小岩塊，突然飛濺出碎片，重重散落在地上。

「小心！」彼得大吼著跳到旁邊。

「呼，我從來沒有唱這麼大聲。我的頭好暈。」伊莉莎白說。

佑斯圖拿著手電筒，慢慢走向小岩塊裡的凹洞。「福瑞德・費爾曼遺留下來的祕密，馬上就可以揭曉了。」

「我打賭，鑽石就在那裡面。」鮑伯喊著。

然而令他們失望的是，裡面並沒有鑽石，而是一頂金光閃閃的消防頭盔。

佑斯圖謹慎的拿著頭盔，說：「這個猜謎遊戲似乎還沒有結束。這頂頭盔一定是下一個暗號。你們看：這裡又刻著姓名的第一個字母F.F.——福瑞德・費爾曼。」

彼得在頭盔背面發現一些奇怪的紋路。「這不是一般擦痕。看起來比較像故意刮出來的。」

鮑伯把眼鏡擦乾淨，接著說：「一點也沒錯！這不是一般線條，而是一個藏寶圖。你們看這裡：這是噴水池內的洞口。這邊是我們走過的隧道，還有這裡指的一定是大地下室，也就是我們現在的位置。如果我猜得沒錯，我們現在必須往那裡繼續走。」鮑伯伸出手，指著另一條連接著大地下室的通道。

佑斯圖抓起背包，把消防頭盔戴在頭上。「我們出發吧！開始追查鑽石！」

這條通道非常筆直。他們走了很久，開始覺得疲倦，最後不得不停下來休息。

彼得望著消防頭盔說：「但願福瑞德・費爾曼不是真的瘋了，否則他可能把我們直接送到地獄。我的手電筒快沒電了。」

不久之後，他們走到一個岔路口。「依照頭盔上的地圖指示，我們必須向左走。」鮑伯喘著氣說。「趕快！我的手電筒也快沒電了。」

過了一會兒，他們感覺正在往上坡走。佑斯圖氣喘吁吁的說：「你們發現了嗎？有一陣輕風。這就表示，我們即將到達出口了。」

這時候，彼得和鮑伯的手電筒電源已經耗盡，佑斯圖的手電筒也撐不了多久了。在微弱的光源中，他們認出眼前有一架生鏽的鐵梯通往上方。

鮑伯仰頭望著說：「如果我們不是繞著圈子走、最後又回到了噴水池，那麼就是到了一個完全不同的地方。我爬上去看看。」鮑伯一步一步的踩在鐵梯上，佑斯圖幫忙以手電筒的光源照射。

「怎麼樣？你看到什麼了嗎？」佑斯圖問。

「沒辦法往上走了。在我的頭頂上只有一個木板。」鮑伯回答。

「你可以移動木板嗎？」佑斯圖接著問。

「等一下，我試試看。等等……嗯，可以像蓋子一樣打開。」

「快說、快說，」彼得興奮的喊著：「你現在在哪裡？」

「噢，天啊！你們一定不會相信，我們到了什麼地方！在我頭頂上，是提圖斯叔叔的倉庫！」

佑斯圖和彼得互相望著，說不出話來。

「提圖斯叔叔的倉庫？什麼意思？」伊莉莎白驚訝的問。

佑斯圖回答她：「我們又回到了這整個探險最早開始的地方。也就是我叔叔的回收場。提圖斯叔叔把他最喜歡的破銅爛鐵都存放在倉庫裡。」

他們一個接著一個，爬出了這個直接通往倉庫的窄洞。佑斯圖打開倉庫門，眼睛不禁瞇成一條線。「噢，外面好亮。」

不過沒多久後，他們的眼睛便適應了日光。

鮑伯憤怒的看著消防頭盔，說：「謝謝啊，福瑞德・費爾曼。這真是一場刺激的冒險，我們繞了一圈，最後仍舊在原地踏步。害我還被爛泥濺到。幸虧我們沒有掉入爛泥坑。如果你們問我的感覺，我會說福瑞德・費爾曼根本就想耍弄我們。也許他以前就是個整人專家。」

佑斯圖若有所思的捏著下唇。「我不相信。大費周章了半天，就為了一個玩笑？不會的，我相信我們就快揭開謎底了。」接著他拿起消防頭盔，用手指撫摸著刻在上面的紋路。他指著一處說：「如果我們一路都沒有走錯，那麼我們現在應該在這個地方。可是你們看，這個路線還沒有結束。這裡有一條細紋指著南方。大家跟我來吧！」

鮑伯用手指敲著額頭說：「佑佑是在漆黑的地底下得了封閉症嗎？福瑞德・費爾曼一定只是想整人而已。說不定他現在正在天上捧腹大笑。」

彼得生氣的皺著臉說：「別鬧了。福瑞德・費爾曼根本笑不出來了。他早就已經作古啦。」

17 費爾曼的遺產

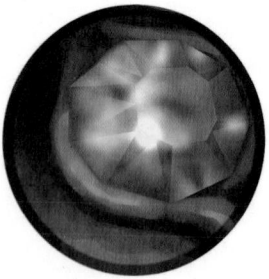

佑斯圖雙手拿著消防頭盔走在回收場上。他逕自走向一棵老櫻桃樹。瑪蒂妲嬸嬸每年都從這棵樹上摘下櫻桃，用來烘烤遠近馳名的櫻桃蛋糕。

佑斯圖把頭盔放在一旁，說：「終點站到了！我現在非常肯定，福瑞德・費爾曼的祕密藏寶處，一定就在這棵樹裡面。和這裡其他所有的樹比起來，這棵櫻桃樹的年代最久遠。福瑞德・費爾曼還在世的時候，這裡既沒有回收場，也沒有屋子。」

「或許我們必須砍掉這顆樹。」彼得思索著說。

但是佑斯圖搖搖頭說：「砍樹沒有意義。況且這麼做瑪蒂妲嬸嬸也不能烤櫻桃蛋糕了。你們再想想看：自從福瑞德・費爾曼把遺產藏起來，已經大約過了一百年。這就表示，當時這棵櫻桃樹還很矮小。」

伊莉莎白仰頭望著樹冠說：「我懂了。如果樹裡藏著遺產，那麼這個東西一定也跟著樹往上生長。說不定福瑞德和艾蜜莉的初吻就在這棵樹下？」

鮑伯現在也感到好奇了。「聽起來很合乎邏輯。好，我爬上去。如果真能找到東西，福瑞德・費爾曼當然就不是瘋子。」幾分鐘之後，鮑伯已經爬到樹頂。

「怎麼樣？你看到了什麼嗎？」佑斯圖喊著。

「有啊，瑪蒂妲嬸嬸的晒衣夾袋子。你的叔叔又把它掛在這裡了。他似乎還想惹她生氣。等著，我把它丟下去。」然而當他抓住袋子時，他發現了一件事。

「等一下！在這裡有一個狹長的樹洞。洞的上方有人把F和E兩個英文字母刻在一個愛心裡。一定是福瑞德和艾蜜莉。好俗喔！」

「好甜蜜喔！」伊莉莎白喊著。

「樹洞的寬度，就只夠一隻手伸進去而已。你們等著，我試試看。」

鮑伯小心的把手伸進樹洞深處。所有人都很緊張，現場鴉雀無聲。只有遠處隱約傳來太平洋輕柔的浪潮聲。突然間，鮑伯把手抽回來，發出恐怖的尖叫。

「鮑伯！你怎麼了？」彼得驚嚇的問。

鮑伯咧開嘴角笑著說：「嘻嘻，騙你們的啦！」

彼得火冒三丈的說：「你給我下來，我也要開你一個玩笑！」

鮑伯的手再次伸進樹洞裡。當他的前臂幾乎全部伸進洞裡時，他突然吸了一

口氣，然後說：「我相信我已經找到了。而且這一次不是開玩笑。我發誓！」當他把手縮回來時，他難以置信的望著手上的東西：那是一顆掛在金項鍊上的巨大鑽石，在陽光下閃閃發亮，耀眼的光芒讓鮑伯睜不開眼睛。

「我要下去了。」他驚訝到幾乎說不出話來。「你們一定要看看這個東西。」

三個問號和伊莉莎白用不可思議的表情注視著這顆價值非凡的鑽石。過了許久都沒有人說話。最後佑斯圖拿起項鍊，掛在伊莉莎白的脖子上。

「我認為福瑞德・費爾曼的祕密已經揭開了。這條項鍊原來一直就在我們附近。伊莉莎白，這就是你的祖先福瑞德・費爾曼留下來的遺產。」佑斯圖說。

然而伊莉莎白還來不及回答，就有一輛汽車朝著回收場直衝而來。當車門打開時，三個問號簡直不敢相信自己的眼睛。

「是維爾瑪太太。」鮑伯低聲說。「她竟然還敢再來這裡。」

「伊莉莎白，我的好孩子。」這個女人用甜如蜜的聲音說。她換了乾淨的衣服，現在穿了一套褲裝，但是頭髮上還有一些殘留的爛泥巴。「伊莉莎白！我真高興在這裡找到你。你根本不知道我非常擔心你的安全。一切都是天大的誤會。我會跟你好好解釋。這整件事情，都是史基尼・諾里斯一手主導。他策劃了這個陰謀，還強迫我一起執行。」

就在這一刻，維爾馬太太的目光落在伊莉莎白胸前的鑽石項鍊上。「噢，孩子，太棒了，費爾曼家族的傳家寶，真的被你找到了。我真是太高興了。伊莉莎白，把鑽石交給我。我會小心翼翼的幫你保管，就像照顧我自己的眼球一樣保護它。相信我。」

佑斯圖正想澆她一頭冷水時，伊莉莎白已經開口回答：「維爾瑪太太，我真的很高興這只是一場誤會。」她一邊用甜美的聲音說，一邊狡黠的向三個問號使眼色：「我原本就認為一切都是誤會。我當然信任您，畢竟您是我的監護人。」

維爾瑪太太顯然是一臉困惑。「呃……是啊……對。是我沒錯。

我的小天使，我是你的監護人，永遠都在你身邊。那麼你現在可以把鑽石項鍊交給我了嗎？」

「那當然囉。稍等一下。」伊莉莎白轉向一旁，費了一番功夫取下項鍊。「這個交給您吧。為了保護鑽石項鍊，我把它放在一個小袋子裡。您到家時，再把它拿出來吧。維爾瑪太太，如果您允許，而且佑斯圖也同意，我想在這裡多留一會兒，和我的朋友們共度剩餘的暑假。」

佑斯圖不禁臉紅。「當然可以！沒問題。」他回答。

維爾瑪太太把小袋子緊握在手裡。因為緊張，她的眼皮不由自主的顫抖著。「好啊，你儘管留下來吧，孩子。好好享受你的暑假。我晚一點……呃……或者到時候再……呃……來接你。」說完她就坐上車，飛也似的穿過出口疾馳而去。

「伊莉莎白！你該不會真的把項鍊交給了那個可惡的老太婆吧？」鮑伯忍不住脫口而出。

伊莉莎白笑著打開手掌，鑽石正垂掛在兩根手指之間。「當然沒有。給維爾瑪太太的小袋子裡，只有瑪蒂妲嬸嬸的晒衣夾。」

他們每個人不禁捧腹大笑，幾乎整個岩灘市都能聽見他們的笑聲。

佑斯圖深吸了一口氣，然後說：「我們會把這整件事的來龍去脈告訴雷諾斯警官，讓他決定該怎麼處置維爾瑪太太和史基尼。」

伊莉莎白又把鑽石項鍊戴回脖子上，接著說：「好的。另外，如果我真的可以留在這裡和你們一起過暑假，那麼我也要享受一下這個遺產：我們來辦一個大型慶祝會，你們覺得怎麼樣？」

三個問號彼此相望著，然後一起發出大聲的歡呼。

唱歌的幽靈

作者｜唔爾伏．布朗克（Ulf Blanck）
波里斯．菲佛（Boris Pfeiffer）
繪者｜阿力
譯者｜洪清怡

責任編輯｜呂育修
封面設計｜陳宛昀
行銷企劃｜吳函臻

發行人｜殷允芃
創辦人兼執行長｜何琦瑜
副總經理｜林彥傑
總監｜林欣靜
版權專員｜何晨瑋、黃微真

出版者｜親子天下股份有限公司
地址｜台北市104建國北路一段96號4樓
電話｜（02）2509-2800　傳真｜（02）2509-2462
網址｜www.parenting.com.tw
讀者服務專線｜（02）2662-0332　週一～週五：09:00~17:30
傳真｜（02）2662-6048　客服信箱｜bill@cw.com.tw
法律顧問｜台英國際商務法律事務所．羅明通律師
製版印刷｜中原造像股份有限公司
總經銷｜大和圖書有限公司　電話：（02）8990-2588

出版日期｜2021年2月第二版第一次印行

定價｜300元
書號｜BKKC0038P
ISBN｜978-957-503-735-2（平裝）

訂購服務
親子天下Shopping｜shopping.parenting.com.tw
海外 ・ 大量訂購｜parenting@cw.com.tw
書香花園｜台北市建國北路二段6巷11號　電話（02）2506-1635
劃撥帳號｜50331356　親子天下股份有限公司

國家圖書館出版品預行編目資料

三個問號偵探團. 3, 唱歌的幽靈 / 唔爾伏.布朗克, 波里斯.菲佛文；阿力圖；洪清怡譯. -- 第二版. -- 臺北市：親子天下股份有限公司, 2021.02
面；　公分
注音版
譯自：Die drei??? : Kids Der singende Geist
ISBN 978-957-503-735-2(平裝)
875.596　109021124

© 2011
Franckh-Kosmos Verlags-GmbH & Co. KG, Stuttgart, Germany
Original title: Die drei ??? Kids Der singende Geist
Author: Ulf Blanck und Boris Pfeiffer
"Die drei ??? Kids" is a registered trademark of Franckh-Kosmos Verlags-GmbH & Co. KG, Stuttgart, Germany
Traditional Chinese translation copyright © 2013 by CommonWealth Magazine Co., Ltd.

立即購買＞
親子天下 Education · Parenting · Family Lifestyle
親子天下 Shopping
親子天下 有聲故事書